文章スクール主宰
高橋フミアキ

テンプレート式

「書ける・読ませる・面白い」

超ショート小説の書き方 ＜改訂新版＞

だれでも書けるようになる

超短編小説
300文字小説

総合科学出版

はじめに

……「テンプレート」があれば、だれでも小説が書けるようになる！

30代の女性のお話です。

彼女は、大学を卒業後、外資系企業に就職し、毎日忙しく働いていました。優秀な彼女は、キャリアウーマンとして颯爽と働き、周囲にも認められ、重要な仕事をまかされるようになります。しかし、働いても働いても何も充実感が得られず、どうしても生きがいが仕事からは感じられませんでした。

何か生きがいを見つけようと思い、文章を書くことにしました。最初はブログにとりとめのない日常を綴るだけでしたが、もっと文章が上手くなりたいと思い、私の文章スクールに通うことにしたのです。

最初は、まったく箸にも棒にもかからない文章でした。1文をダラダラと長く書いているし、無駄な言葉も多く、何が言いたいのかさっぱり伝わりません。

「やっぱり、私には無理なんでしょうか？　才能がないんでしょうね」

とあきらめの言葉を口にするありさまでした。

それでも、文章スクールの仲間たちに励まされ、何とか半年通うことができたあるときです。急に上手くなったのです。私もびっくりしました。プロ並みの文章を書くようになったのですから。

テンプレートに言葉を入れるだけの簡単なワークを何度も根気強く繰り返しているうちに、小説の構成力が身についたのです。そして、いよいよ小説を書いて文学賞に応募しました。原稿用紙わずか10枚程度のショート小説の賞ですが、彼女は見事、受賞したのです。

こんなことがあなたにもできます。実は簡単なんです。

スティーブン・キングの名言にこうあります。

「作家になりたいなら、何をおいてもこの2つをやるべきだ。大量に読み、大量に書くことだ」

そうです。大量に読んで、大量に書くことだけなんです。

しかし、大量に読むことも、大量に書くことも、大変な努力と時間が必要です。そんなことに耐えられるでしょうか。大丈夫です。本書を読み進めるだけで、小説の書き方がスムーズに入ってきますし、読みやすいショート小説を掲載していますので、読むことも楽しく進めることができます。

本書は、次の3人の読者に向けて作成しました。

1、本を読む習慣のない人

本を読む習慣のない人にとって読書は苦痛です。活字を追いかけるだけでも大変なのですから。そんな人がいきなりトルストイやドストエフスキーやモーパッサンなどを読もうとしても、途中で挫折するだけです。1ページも読み終わらないうちに眠くなってしまうでしょう。

しかし、本書は、読書習慣のない人も、読書が苦手な人も、スラスラと読めるように設計されています。わずか60秒程度で1話が読めてしまうショート小説がいっぱいですから、簡単に読めるでしょう。そして、読み終わったときの達成感や感動をいっぱい味わうことができます。

2、小説を書いたことがない人

本書を読むと、小説を一度も書いたことがないという超初心者でも小説が書けるようになります。小説の構成テクニックをテンプレートにしていますので、あとはそこに言葉を入れるだけです。しかも原稿用紙1枚程度の文章量です。たったそれだけでショート小説が書けるのです。おそらく、小学生でも書けると思います。実際、私の知人の子どもに書いてもらったら、わずか15分で素晴らしい作品を書いてくれました。

3、文学賞を目指す人

文学賞を目指す人は、本書で紹介しているテンプレートを小説の設計図にしてください。まずは設計図を書いて、物語を吟味するのです。設計図で間違えると、肉付けでいくら面白くしようとしても、結局はつまらない作品になってしまいます。ですから、一度テンプレートを使って書いた小説を何度も書き直してください。これでイケルというショート小説が完成してから肉付け作業に入るようにしましょう。肉付けするときに、時代性や哲学や自分自身の人生を盛り込んでいき、文学賞の規定の分量を書きあげていけばいいのです。

誰もが作家になれる時代です。短編小説や中編、長編の小説を募集している文学賞を合わせると100以上もあります。つまり、毎年100人以上の作家が誕生しているのです。昨日まで無名だった人が一夜にして小説家になってしまいます。

電子書籍も個人で出版できるようになりました。私の主宰する文章スクールでは、受講生らの書いた小説集をキンドル版にしてアマゾンで販売しています（Ｋｉｎｄｌｅストア／文芸雑誌『原石』など）。翻訳して英語圏で販売しようという計画も進めています。これが、けっこう売れるんです。電子書籍の売上は年々増加傾向にあります。無名の個人が作家になれる時代がついにやって来たということです。

また、本が売れない時代になったと言われていますが、フリーペーパーをはじめ世の中には文章があふれています。ＷＥＢ上の文章も記事から創作文、各種投稿まで数え切れません。小説投稿サイトも出版社が運営するものから個人運営のものまで、検索すると数限りなくあります。他人に読んでもらい評価される機会は増えこそすれ減っていることはありません。

なお、本書には私が主宰する文章スクールの生徒たちの習作を収録しています。彼ら、彼女らはいずれも文章を書くことも読むことも苦手なことから私のスクールに通うようになった人たちです。作品には優劣はありますが、どうでしょうか。２００～８００文字程度（ｗｏｒｄでの単語数）でも立派な文章になっているのではないでしょうか。

読者には、それらの作品を読んでいただき、「私ならこうする」というように自身の作品へのヒントにしていただければと思います。

テーマはどこにでも転がっています。朝のニュースや今まさに目にしたシーンからでもすぐに小説化できるのが「超ショート小説」の魅力です。スマホでもタブレットでもすぐに入力して完結できるボリュームです。パソコンならもちろんですが、本書で紹介する「テンプレート」を予め用意しておき、スマホなら電車の中でもホームの待ち時間でもすぐに書き始められます。

最近のスマホには音声入力機能がついていますから、思いついた文章を声に出すだけで、ベッドなら誰にも気兼ねなく文章を創ることも可能です。

いかがですか？　次はあなたの番です。本書を読んでいくと、自然と小説が書けるようになります。読者を感動させたり、泣かせたり、怖がらせたり、笑わせたり、どんな小説を書くかはあなた次第です。

今回の改訂に当たっては、「もう少し長い小説にしたい」という前作への要望に応えて、肉付けを中心にした長編化へのヒントも収録しました。

さあ、あなたも作家への第一歩を踏み出してみませんか？

編集長　高橋フミアキ

２０１９年６月

第2章 「書ける・読ませる・面白い」小説の簡単テクニック【願望】

第3章 「書ける・読ませる・面白い」小説の簡単テクニック【対立】

第6章 【時限爆弾】

「書ける・読ませる・面白い」小説の簡単テクニック

第7章　もっと「書ける・読ませる・面白い」長編化への簡単テクニック【肉付け】

第1章

「書ける・読ませせる・面白い」
小説の簡単テクニック

【葛藤《かっとう》】

第1節　主人公の内面の欲求＜葛藤のテクニック1＞

小説には葛藤が必要です。葛藤が物語を面白くしてくれます。

葛藤のない小説はパンダのいない上野動物園のようなもので、メインの動物がいなくて来園者たちはがっかりするでしょう。なかには「つまんな～～い」と泣きだす子どももいるかもしれません。それほど、葛藤は小説に必要な要素なのです。

私の文章スクールには小説を書くコースがあります。そこで「小説のなかに葛藤を入れるようにしてください」と講義しました。しかし、すんなりと葛藤を入れて書いてきた人は1人もいませんでした。

なぜでしょうか？

「葛藤が書けていないみたいですけど、どうしましたか？」

と受講生たちに私は質問してみました。すると、

「葛藤って、何ですか？」

「葛藤を小説にどう入れればいいかわかりません」

「葛藤の言葉の意味はわかるんですが、具体的なものが思いつかないんです」

そんな声があがりました。

葛藤という言葉の意味は、

・人と人が互いに譲らず対立し、いがみ合うこと

・心の中に相反する動機・欲求・感情などが存在し、そのいずれをとるか迷うこと

です。日常生活で葛藤は毎日のように起こっています。

たとえば、朝起きるときも葛藤があります。「起きようか、起きまいか。もっと寝ていたい」という葛藤。「会社へ行きたくないけど、行かなきゃいけない」という葛藤。「朝食はパンだというご主人と、いや御飯だとゆずらない奥様」との葛藤など。葛藤はいたるところにあります。

この葛藤を中心に物語を作っていけばいいのです。

「でも、それをどうやって書けばいいんですか?」

受講生らの悩みはそこにありました。つまり、書き方がさっぱりわからないのです。

そこで、私はテンプレートを作りました。テンプレートの○○○○のなかに適切な言葉を入れれば小説が書けてしまうというものです。

まずは、○○○○以外の言葉は、変えないでそのまま使って書いてみてください。最初は、型を覚える必要がありますので、自分流に変えないことです。

最初から崩してしまう人がいます。崩しても、ちゃんとそこに葛藤が入っているのならいいのですが、葛藤の〝か〟の字もないようだと、パンダのいない上野動物園になってしまいます。

葛藤を入れる練習です。まずはテンプレート通りに書いてください。何度もドリルする必要があります。繰り返し書くことで身についていきますので、このテンプレート通りに何作も書いてみてください。

【葛藤１のテンプレート】

本当なら○○○○したい。しかし、それはできない。

なぜならば○○○○だからだ。

時間は刻々とすぎていく。私はどうすればいいんだ。

○○○○○○○○○○○○。

（主人公の心情を描写）

周囲が騒ぎはじめた。○○○○○○○○○○○○。

（周囲の様子）

私は決めた。○○○○○○○○○○○○。

（最終的にどうなったか）

【改善前事例】

『本気のダイエット』

本当なら痩せたい。しかし、それはできない。

なぜなら、お腹がすくとすぐに食べてしまうし、おいしそうなものを見たら誘惑に負けてしまい、つい買って食べてしまうからだ。

時間は刻々と過ぎていく。私はどうすればいいんだ。

このままだとぽっちゃりさん専用の洋服売り場で取り扱っているものしか入らなくなるかもしれない。

周囲が騒ぎ始め出した。

「もしかしたら、俺よりも体重が重いのではないのか？」

と弟が言い出したのだ。

私は決めた。プロに任せることにした。

美容整形をして余分な脂肪は取ってもらう。美容整形で脂肪吸引をして失敗するリスクよりも、自己流ダイエットの失敗やリバウンドのリスクの方がはるかに高いと考えたからだ。

（296字）

【解説】

『本気のダイエット』は、ちゃんと葛藤が入っています。「痩せたいけど、つい食べてしまう」という葛藤です。ダイエットに挑戦した人なら誰もが経験のあることで、共感の得られるネタだと言えます。

しかし、葛藤は、それだけでは面白くありません。読者は「ふ～ん、それでどうしたの？」とあくびをしてしまうでしょう。読者があくびをしたら、作者の負けです。読者が次を読みたくなったら作者の勝ちです。

次にくるこの言葉「時間は刻々と過ぎていく。私はどうすればいいんだ」は、この葛藤をピークにもっていくために入れてあるのです。「葛藤をピークにもっていく」とは、たとえていうと断崖絶壁に追い込むということです。

葛藤をさらに面白くするには、主人公を断崖絶壁に追い込めばいいのです。断崖絶壁とは、その先は「死ぬ」ってことです。人間にとって死が一番の恐怖ですし、一番緊張しますから、その小説を手に汗握って読んでくれます。

痩せなかったら「死ぬ」という状況を作ると、この小説は面白くなります。「死ぬ」という状況が思いつかなかったら、それに匹敵するものを考えてみましょう。「会社をクビになる」とか、「彼にフラれる」とか、「逮捕される」とか、奇想天外な「断崖絶壁」を設定してみてください。

【改善後事例】

『本気のダイエット』

本当なら痩せたい。しかし、それはできない。

なぜなら、お腹がすくとすぐに食べてしまうし、おいしそうなものを見たら誘惑に負けてしまい、つい買って食べてしまうからだ。

時間は刻々と過ぎていく。私はどうすればいいんだ。

このままだと私は殺されてしまう。1か月前、レッドピープルたちがやってきて「誕生日までにあと10キロ痩せなかったら、お前を殺す」と言った。そして、私の誕生日は3日後だった。

周囲が騒ぎ始め出した。

「お姉ちゃん、どうしたの？　ひどく怯えてるみたいだけど」と弟が言い出したのだ。

「僕に手伝うことがあったら言ってね」とやさしく言ってくれた。

私は決めた。

レッドピープルたちと戦う。私は、私のまま、私らしく生きるために、戦うのだ。120キロの体躯にマシンガンをかかえ、弾丸ベルトを肩にかけ、レッドピープルたちを待ちかまえている。よこには、マシンガンを持った弟。私たちは自由のために戦うのだ。

そのとき、部屋のドアをぶち破る音がした。

（412字）

【練習テンプレート】

本当なら

したい。

しかし、それはできない。

なぜならば

だからだ。

時間は刻々とすぎていく。私はどうすればいいんだ。

（主人公の心情を描写）

【練習テンプレート】

周囲が騒ぎはじめた。

（周囲の様子）

私は決めた。

（最終的にどうなったか）

『ひきこもり』

夏来みか

本当なら部屋でずっとビデオでも見ていたい。しかし、それはできない。
なぜならば今は入学試験前、僕は受験生だからだ。
時間は刻々とすぎていく。僕はどうすればいいんだ。
ああ、もう、大学なんて行かなくてもいいし、大人に何てなりたくない。
このままずっと部屋に閉じこもり、プライムビデオを見続けるんだ。
ドッカーン。部屋全体が震度7の地震みたいにゆれた。
なんだ今の揺れは。僕は決めた。よし、図書館に行って勉強をするぞ。
ドアをあけた。
あるはずの廊下はなく目に見えたのは虚無の空間だった。

（234字）

『バスでの出来事』

だいのすけ

本当なら立っているおばあちゃんに席を譲りたい。しかしそれはできない。
なぜならば私の太ももはパンク寸前だからだ。鍛えすぎた。
終点のバス停まで立っていたら筋肉がブチっと切れるだろう。

時間は刻々と過ぎていく。
私はどうすればいいんだ。
あぁ～なんてこった。シルバーシートに座っちまった。
前のガキは譲りそうもないしなぁ～
私は頭をかいた。
罪悪感からだろうか冷たい視線を感じるような気がする。
言葉では言わないが、皆、私に譲らせようとしている気がする。
私は決めた。席を譲ろう！

「おばあちゃんどうぞ」

そう言い、私は勇気を出して立ち上がった。太ももが痛い。

「あら？　あなたには私が見えるの？　私はこの世にはもういないのよ。ハハハハハハ」

と言い、おばあちゃんは消えてしまった。

空いた席に園児が「ワーイ！　せきがあいた～」と言い座った。

私の太ももからブチっという音がした。


（377字）

『サンベリーナの娘』

山口倫可

本当ならこの国を飛び出して、母のいた世界に行って自分の足で歩きたい。

でもそれはできないの。

なぜなら、父と母が私をこの国の世継ぎを生むことを期待しているから。

私の母は、おとぎ話で有名なおやゆび姫。つばめの背中に乗ってこの国にやってきて父と結婚したわ。

夢に描いた幸せな結婚生活……になるはずだったけど、王子育ちの父は母の苦労を理解できず意見が食い違うことばっかり。

二人の間を繋ぎとめてきたのは、一人娘の私の存在だけ。

これまで様々な言い訳で今まで拒否してきたけど、今年のチューリップ月で父と母が決めた男性と結婚しなきゃならない年齢に達しちゃう。

どうしよう、時は刻々と過ぎていく。

家来たちが国中のチューリップを集めて式の準備を着々と進めている。

私は決めた。この、おとぎ話の国から抜け出して、母のいた世界で自由になる！

一文無しで国を飛び出した私を援助してくれたのは、母に結婚を申し込んだモグラのオジサンだった。

私は今、オジサンの勧めで小さな神社と契約して恋愛フェアリーテラーをやっているの。

最初は親指ほどしかない私の姿に驚き、奇妙な目で見る人ばかりだったわ。だから、気に入った人の前にしか出ないことに決めたの。

でも、それが逆に受けちゃって、神社には毎日遠くから悩める女子たちがやってくるようになって……。

実は、ここだけの話だけどね、来月にはテレビ出演も決まっているの。


（579字）

『人生って…』

MIKA

本当なら、どこにも行きたくない。何も変化したくない。しかし、それはできない。

なぜならば、なにもしなくても体はどんどん大きくなり、色はどんどん赤くなるからだ。

時間は刻々とすぎていく。私はどうすればいいんだ。

ああ、体が重い。何もしないのにぶくぶく太っていくし、色はどんどん赤くなる。

何も変わりたくないのにだれか止めてくれ。

周囲が騒ぎはじめた。「おお、真っ赤で美味しそうだ」と声がきこえてくる。

美味しそうだなんてとんでもない。

私は決めた。ここから飛び降りてやる。何も動かず、何も変化せず、食べられるのをただ待つ人生はまっぴらごめんだ。

「えいっ」

べしっゃ
「あっ、もっと早く収穫すればよかった。これじゃ食べられないね、このトマト」


（310字）

『Ｅｖｅｒ Ａｆｔｅｒ』

ミーちゃん

本当ならもう少しだけ待っていたい。しかし、それはできない。なぜなら皆を集めて盛大に計画した私の結婚式が始まる予定だった13時からもう8時間も経っているのに婚約者がこないから。

時間は刻々とすぎていく。私はどうすればいいのかしら。

結婚式の出席者や司祭が私に何か話しかけてくる。

誰に何を話されても、何も耳に入ってこない。ただ、悲しいだけ。

周囲が騒ぎはじめた。彼らは何かにとても驚いているみたい…

私は決めた。ずっとここにいることを。どんなに周りが変わっても、肉体が滅びた後もここに…

ずっといることにしたの。


（249字）

『帰郷』

夏子ヘミング

本当なら九州に帰って、一人で暮らす年老いた母と一緒に暮らしたい。しかし、それはできない。なぜならば私は小さいながらも東京で会社を経営しているし、妻や子どもは都会の暮らししか知らないからだ。

時間は刻々とすぎていく。私はどうすればいいんだ。瞼を閉じると故郷の真っ青な海と潮風、母の優しい笑顔が浮かんだ。還暦を過ぎて故郷が恋しいと思った。

友人に「離れて暮らしていて盆と正月だけにしか会わなければ、ご高齢のお母さんと過ごせる時間はあと数日だよ」と言われた。

私は決めた。

会社はずっと右腕として支えてくれた男に譲ることにした。

妻とは時間をかけてゆっくり話し合い、母と同居することを快諾してくれた。

息子はもう、成人している。あいつは大丈夫だ。

私は来月、母の元へ帰郷する。

（328字）

敷布団

『人魚姫の恋』

本当なら王子さまと結婚したい。しかし、それはできない。
なぜなら、身分がちがいすぎるからだ。
わたしは人魚姫。王子さまへの密かな恋に胸を焦がす女。
きっかけは海で溺れる王子さまを助けたこと。
以来この熱き想いに、わたしはずっと胸を痛めてきた。
愛の告白ができないまま、時間ばかりが過ぎていく。わたしはどうすればいいんだ。
結ばれない運命なのはわかっている。
しかし、愛で乗り越えられない障害はないはず。
王子さまの周りが騒ぎ始めた。王子さまに、隣国の姫との縁談が出始めたのだ。
わたしは決めた。
しかし、わたしの意を決した告白は、あっさりと袖にされてしまった。
「君、誰?」
問題は身分差なんかではなかった……。

（294字）

『東京』

まりこ

本当なら私も東京に行きたい。東京の美大で学びたい。新しい風が吹いている東京で学びたい。しかしそれはできない。なぜなら新潟に母を一人残して行くことになるからだ。

第一、美大は学費が高く、母子家庭の我が家の経済状態では苦しいだろう。

時間は刻々と過ぎていく。私はどうすればいいのか。このまま新潟の大学の英文科あたりに進学し、新潟の会社に就職し、新潟の人と結婚するのかな。一生新潟で暮らしていくのかな。でもそれだって、母に経済的な苦労をかけるのだ。

周囲が騒ぎ始めた。クラスメートが次々に東京の専門学校や大学に願書を出し始めた。親友のさおりは東京の私大、メグは東京の専門学校だと言う。

私は決めた。新潟の大学に進学しよう。母を残して行けない。

担任の先生に話した翌日の夜だ。母が突然、「東京に行きなさい」と言った。好きな美大を受けなさい、お金はなんとかなる、お前が夢を叶えることがお母さんの幸せだからと。担任の先生が母に話したのだ。

私は嬉しいのと、ありがたいのと切ないのとで、涙が止まらなかった。

3月30日、動き出した新幹線はホームに立つ母をあっという間に後ろに追いやった。

「お母さん、頑張るけ、待っとってね」私はつぶやいた。

（508字）

『ファイヤーマン』

あいけん

本当ならば少女を助けてあげたい。

しかし、それはできない。

なぜならば燃え盛る炎がガソリンに引火して、いつ爆発するか分からない危険な状態だからだ。

実は液化天然ガスを積んだ貨物車が脱線して、線路横の道を走っていた車がその下敷きになったのだ。グシャグシャに潰れた車が火を吹いている。その上にいつ爆発するかもしれないタンクがドンッと横たわっている。

私が助けに行ったとしても、あの炎だ。それにもし爆発したならば確実に死ぬ。助けに行くのは自殺行為に等しい。

現場の誰もが歯を食いしばりながら放水を続けることしかできない程の状態であった。

時間は刻々と過ぎていく。私はどうすればいいんだ。

逃げ遅れた少女が今、あの車の中でどれほど心細い思いをしているのであろう。どんなに怖い思いをしているだろう。私はここでただ黙って見ているだけしかできないのか。

私はふと自分の娘の顔が思い浮かんだ。もし、あそこに閉じ込められているのが自分の娘であったなら黙って見ていることができるだろうか。

自分の娘を助けに行くと暴れ、仲間に抑えられているあの娘の父と母の悲痛な叫びが僕の背中を強く押した。

周囲が騒ぎ始めた。車のガソリンに引火してさらに火が勢いを増したのだ。

私は決めた。少女を助けに行くのだ。私は自分の背の何倍もの高さの炎の中に飛び込んでいった。

気がつくと、私は担架の上にいた。

そして、私の手の中には少女の重みがずっしりとのしかかっていた。どうやら助けることができたようだ。

「お前、防火帽はどうした?」

ひとりの仲間が心配そうに声をかけてくる。

「そうだった」

私は思い出したように腕の中の少女にかぶせた防火帽をゆっくりと取った。

「よかった。この子の可愛い顔に傷がつかなくて」


(715字)

『父の教え』

山内たま

本当ならお金をだまし取った彼女からの連絡を待ちたい。しかし、それはできない。

なぜならば、あのお金は僕が大学院へ行くために、田舎の父が送ってきくれた大事な学費なのだ。

同じバイト先で働くフリーターの彼女に大金を貸し、それっきり連絡がとれなくなった。もちろん、彼女は無断欠勤中。時間が刻々とすぎていく。僕はどうすればいいんだ。

バイトの控え室で一緒だった彼女が、今日中に借金を返さないと取り立てのヤクザが実家にいってしまうと言い、何の疑いもなく現金を引き出し、貸してしまった。

僕は山深い小さな村で育ち、人は信じるものだと父から教わった。困った人がいれば、助けるのが村では当たり前だった。

あれから一週間経ち、周囲が騒ぎ始めた。

店長が警察に被害届を出すようにと駅前の交番へ連れて行ってくれた。入り口に立っていたベテラン巡査員に声をかけようとした、その時、山仕事で日焼けした皺の深い父の笑顔が脳裏をよぎった。

〝人は信じるものだ〟

「どうかされましたか?」というベテラン巡査員に、「すみません。急用を思い出したので、失礼します」と笑顔でその場を立ち去った。


（469字）

『ある研究者の独白』

おかだなつこ

本当ならあの論文をなかったことにしたい。

しかし、それはできない。

なぜならばもう、世界の人たちが世紀の発見だとはやし立ててしまっているからだ。

時間は刻々と過ぎていく。私はどうすればいい？

私一人だけ責任をとって死ぬ？　いつのまにか私は悪女のようないわれ方だ。

でも、私だけの責任なの？　私たちは確かに実験に成功したのに。確かにあの論文の成果は存在するのに。

そう確かに存在するのよ。でも、もっと検証するべきだった。世紀の発見のこの現象を、少しでも自分の名誉に利用したい権力者達は、論文の発表を急がせた。次の出世レースを有利にしたいが為に。

しかし、彼らだけのせいじゃない。科学の世界は、一番でないと意味をなさない。最初に発表しないと、何の意味もない。だから、私も、私たちチームも、焦りすぎていたのだ。世紀の発見を世に知らしめることを。

周囲が騒ぎ始めた。実験の再現ができないと。マスコミも騒ぎ始めた。私たちが嘘つきだと。科学界の権威を失墜させたと責め立てる。

再現できないっていうけど、私は何回も成功したの。しているのよ。再現できない方が無能なんじゃないの？　ちょっとしたコツの違いなのに……。

今では、私が反論も証明もできる場所がない。味方も、いない。


でも……。


私は決めた。あの論文は取り下げない。

記者会見を開こう。場所は私の実験室。

あの無知なくせに人を攻め続けることだけは達者なレポーター陣も、自分で実験をしたことがないくせにライターとか名乗っている輩も、再現ができないことを得意げに自慢する研究者たちも、全部実験室に呼んで目の前で再現してやる。無数のカメラを証拠に世界中に本当にあるんだと見せつけてやる。

私は、絶対に成功する。科学の神様は絶対に私に味方する。私の研究者生命をかけて、私は絶対に成功させてやる。


（750字）

『嫁と姑』

マーガレット花摘

姑との子育てに対する考え方の違いや、日々の価値観のずれに、私はもう我慢ができなくなっていた。

本当なら姑と別居したい。しかしそれはできない。

単身赴任中の夫に、姑の話をしても「お前が悪いのだろう」と言われてしまっていた。また別居の話を持ち出せば追い出されてしまうかもしれない。

姑も姑で、『嫁の悪口』を言っていることは想像できる。夫は姑の味方だろうと、私はあきらめていた。

夫が帰ってきたら本当に追い出されてしまうかもしれない。その前に子供を連れて出ていってしまおうか？　だが、最近始めたばかりのパートの収入では一人で暮らしていくので精一杯だろう。

時は刻々とすぎていく。私はどうすればいいんだ。

夫から、夏物の服が送られてきた。帰ってくる準備をしているのだ。

周囲が騒ぎ始めた。

母「だから結婚しても仕事は続けなさいって言ったじゃないの」

友人「いつまで我慢するつもりなの？　子供つれて出てくなら今しかないじゃないの」

私は決めた。まずは一人で出ていこう。

姑との関係も、夫との関係も、離れて頭を冷やしたら少しかわるかもしれない。

（455字）

『勝五郎の嫁』

RINKA

今までいっぺんだって嘘ついたことはないんだよ、あたしゃ。

でもね、本当のこと言ったら、また亭主が仕事もせずに呑んだくれて遊び惚けちまう。

あー、正直に話しちまいたい、でも言えない。

いや、決めた。ゆんべあったことは、全部夢だって嘘つこう。酔っ払って帰ってきたんだから、細かいことは覚えちゃいないさ。

亭主は朝起きると、家中探し回ったよ。そりゃそうさ、あんなもんあたしだって拝むのは初めてで、ゆんべは腰が抜けそうなほど驚いたんだから。絶対見つかんない場所に隠しはしたけど不安でね。とうとう探すの諦めて、全部夢だったたって認めた時にはホッとしたよ。酷くガッカリした背中が痛々しくて見てられなかったけどね。


そいからっつーもん、人が変わったみたいに亭主が真面目に働いて…。

3年後には大通りに立派な店を構えるまでになったんだ。大したもんだよ。さすがあたしが認めた男だけのことはある。やっぱりあんとき黙っててよかった。

晦日の晩、こんな俺によく付いてきてくれたなんて労ってくれたもんだから、あたしゃ泣いちまったよ。

でね、本当は3年前のあの晩のことは夢じゃなかったんだよって言っちまったんだ。あん時あんたは本当に宝くじ当たったんだよって。一生遊べるほどの金持ちになったんだけど、そんなもん持ったらダメ人間になっちまうと思ってさ。嘘ついて隠して悪かったって謝ったよ。

そしたらあの人怒りもせず、そうかそりゃおまえが正しいって言ってくれてさ。嬉しかったから、そいじゃ3年ぶりに1本つけるかい？ってお燗して、ハラスを炙って。

亭主は嬉しそうに、ありがとよ、みんなみんなお前さんのおかげ様だよって、お猪口に口つけたんだけど…。

「いけねーいけねー、また夢になっちまったら困るから、やっぱりやめとこう」

だってさ。

（735字）

第2節　迷う選択＜葛藤のテクニック2＞

葛藤にはいくつかのパターンがあります。葛藤テクニック1では、主人公の内面の欲求からくる葛藤でした。「痩せたいけど、痩せられない」というものです。

葛藤テクニック2では、目に見えるものの、どちらを選択するかで悩むという葛藤です。いうなれば「選択の葛藤」です。たしかに、テクニック1も「選択の葛藤」です。「本気でダイエットをするか、それともあきらめるか」を選択しているわけですから。しかし、それは内面が中心となった選択です。

このテクニック2は、外面に出ているもののAを選ぶか、Bを選ぶかという選択です。

日常にはこうした葛藤がゴマンとあります。人生は、一瞬、一瞬が選択の連続ですから。

たとえば、コンビニで飲み物を選ぶとき「ペプシコーラにするか、コカコーラにするか」で悩みます。結婚するとき「公務員の男性にするか、IT企業の経営者にするか」悩むはずです。就職活動中の大学生が同時に2社から内定をもらったら、どちらに行くか悩みます。デートするときに、スカートをはくかパンツをはくか、1時間も悩む女性だっています。

そして、その選択には意味があるのです。「ペプシコーラ」は比較広告のイメージが強く、どことなくチャレンジャーとしてとらえられます。一方「コカコーラ」はアメリカそのものというイメージがあり、カンパニーカラーの赤がすぐに浮かんできます。

「公務員の男性」は安定を象徴していますし、「IT企業の経営者」は可能性や冒険心を象徴しています。

つまり、具体的なものは、なにかの象徴なのです。「ペプシコーラ」を選ぶということは、チャレンジャーとしてのアイデンティティを選んだことになります。「公務員の男性」を選んだことは、冒険心を捨てて安定を求めたことになるのです。

このテンプレートの面白さはそこにあります。

Aを選ぶか、Bを選ぶか、という葛藤を作ったら、そのAは何を象徴しているのか、そのBは何を象徴しているのかを考えてみましょう。そして、そのことをじっくりと考えてみてください。

その思索が面白い小説を書かせます。

たとえば、「公務員の男性」と「IT企業の経営者」の場合を考えてみましょう。この選択は、「将来の安定」なのか「冒険心」なのかという選択に置き換えることができます。たしかに、冒険は楽しいですし、ワクワクします。可能性もあります。もしかすると、大富豪になってやりたいことが自由にできる身分になるかもしれません。しかし、大借金を抱えて逃げ回る生活をするはめになる恐れもあるのです。

格差が拡大している時代ですから、借金を抱える未来のほうが現実味があります。多くの女性はそう考えて「公務員の男性」を選ぶでしょう。たとえ相手がトキメキを感じない男性だったとしても。果たしてそれでいいのでしょうか。

そんなことを考えておくと、それが小説に生きてきます。

【葛藤２のテンプレート】

私は○○○○○○○○（A）にするか、○○○○○○○
○（B）にするか迷っていた。

実はこういうことだ。
○○○○○○○○○○○○○○○○○○○○○○○○。

最終結論の日は○○後だ。○○○○○○○○○○。
（A）ならばこうなる。○○○○○○○○。
（B）ならばこうなる。○○○○○○○○。

いよいよ決断の時が来た。
私は○○○○○○○○を選んだ。

【改善前事例】

『汚いキャベツ』

僕は汚いキャベツを買うか、綺麗なキャベツを買うか迷っていた。

実はこういうことだ。

会社で上司に「お前は本当に使えないな」と今日も馬鹿にされた。毎日夜遅くまで頑張って仕事をしても全く評価されない。最近では、後輩にまで馬鹿にされる始末だ。

「僕は生まれてきた意味があったんだろうか？」

帰りの電車の中で心が沈む。僕は体力的にも精神的にも人生に疲れ切っていたのだった。

最寄り駅のスーパーにふらっと立ち寄った。店の中にはすでに『ホタルの光』が鳴り響いていた。

僕はふとキャベツ売り場で足を止めた。そこにはキャベツが二つしか残っていなかった。一つは青々しく綺麗なキャベツ。もう一つは黒い泥や虫食いで穴だらけの汚いキャベツであった。

あと数分で閉店してしまう。僕は2つのキャベツを改めて見た。

もし綺麗なキャベツを選んだならば、何の問題もなく美味しく食べることが出来るだろう。しかし汚いキャベツを選んだならば、中が腐っていたりと、美味しく食べるどころでないかもしれない。

【改善前事例】

「お客様。そろそろ閉店のお時間ですので」

店員に声をかけられた。

いよいよ決断の時が来た。僕は汚いキャベツを手にとってレジに並んだ。

家に帰り、さっき買ったキャベツを取り出してみた。見れば見るほど黒く汚れていて、虫食いで孔だらけである。

僕は我に返ったかのようにフゥとため息をつき、キャベツの葉を一枚剥いた。

すると、中から想像もつかないくらいに水々しく綺麗な葉が姿を現した。なぜだろうか、それを見た瞬間、僕の目から涙が溢れ出てきた。

（635字）

【解説】

『汚いキャベツ』は、肝心な部分が抜けています。汚いキャベツを買うか、綺麗なキャベツを買うかで悩むという葛藤は面白いですが、その次に続く文章が、その葛藤の理由になっていません。

会社で馬鹿にされ、体力的にも精神的にも限界になってきたわけです。人生に疲れきって、夜スーパーに立ち寄るわけですが、そういう状況説明が書いてあるだけで葛藤の説明が抜けています。

「汚いキャベツ」が何の象徴なのかを考えてみましょう。閉店間近にスーパーへ行くと、たしかに売れ残ってくたびれた野菜があります。汚いキャベツというのは、そういう野菜のことを言っているのでしょう。

この作者にあとで聞いてみました。

「汚いキャベツは、何を象徴しているの？」

するとその作者は、「生きる気力を失った主人公を投影したつもりです」と答えました。

つまり、この主人公は、汚いキャベツに生きる気力を失った自分を投影したから、汚いキャベツを買おうかどうしようか迷ったわけです。

この作品は、そこが抜けていました。その部分を加筆すれば素晴らしい小説になります。短いショート小説では、そうしたことを明確に伝える必要があるのです。大事な言葉を端的に使っていきます。

逆に長編小説では、ポイントは明確に書くのではなく感じさせたり考えさせたりするものです。

【改善後事例】

『汚いキャベツ』

僕は汚いキャベツを買うか、綺麗なキャベツを買うか迷っていた。

実はこういうことだ。

当然、綺麗なキャベツを買うべきだろうが、妙に汚いキャベツに心が惹かれたのだ。なぜだろう？ 捨てられるキャベツが愛おしくなったのかもしれない。

会社で上司に「お前は本当に使えないな」と今日も馬鹿にされた。毎日夜遅くまで頑張って仕事をしても全く評価されない。最近では、後輩にまで馬鹿にされる始末だ。

「僕は生まれてきた意味があったんだろうか？」帰りの電車の中で心が沈む。僕は体力的にも精神的にも人生に疲れ切っていたのだった。

最寄り駅のスーパーにふらっと立ち寄った。店の中にはすでに『ホタルの光』が鳴り響いていた。

僕はふとキャベツ売り場で足を止めた。そこにはキャベツが二つしか残っていなかった。一つは青々しく綺麗なキャベツ。もう一つは黒い泥や虫食いで穴だらけの汚いキャベツであった。

あと数分で閉店してしまう。僕は二つのキャベツを改めて見た。

【改善後事例】

もし綺麗なキャベツを選んだならば、何の問題もなく美味しく食べることが出来るだろう。しかし汚いキャベツを選んだならば、中が腐っていたりと、美味しく食べるどころでないかもしれない。

「お客様。そろそろ閉店のお時間ですので」店員に声をかけられた。

いよいよ決断の時が来た。僕は汚いキャベツを手にとってレジに並んだ。

家に帰り、さっき買ったキャベツを取り出してみた。見れば見るほど黒く汚れていて、虫食いで孔だらけである。

僕は我に返ったかのようにフゥとため息をつき、キャベツの葉を一枚剥いた。

すると、中から想像もつかないくらいに水々しく綺麗な葉が姿を現した。なぜだろうか、それを見た瞬間、僕の目から涙が溢れ出てきた。

（705字）

【練習テンプレート】

私は　　　　　　　　　　　　　　（A）にするか、
　　　　　　　　　　　　　　　　（B）にするか
迷っていた。
実はこういうことだ。

最終結論の日は○○後だ。

【練習テンプレート】

（A）ならばこうなる。

（B）ならばこうなる。

いよいよ決断の時が来た。

私は

を選んだ。

『父を殺した男』

あいけん

今夜も私は迷っている。文机に座るか、寝床に入るかで。

実はこういうことだ。

アメリカ人のポールと名乗る男に返事を書くか、書かずに寝てしまうか、毎夜、私は迷ったあげく、書かずに寝てしまっていた。

ポールから突然手紙が届いたのは、2か月前だった。かつてサイパン島で指揮官として戦い、戦死した父から託された写真を直接会って返したいとのことだった。また、手紙に書かれた言葉に私は思わず体が震え上がった。

「私はあなたの父上様の命を奪った男です」

私は困惑した。「もし会って頂けるならば、できるだけ早くお返事を頂きたい」とのことだった。

終戦から20年が経つ。いくら戦争とはいえ、あの優しかった父を殺した相手である。

もし会ったならば、きっと私は自分を制御することができないだろう。

もし会わなければ、今までどおり普通に生活することができる。

「会って、すべてを終わりにしたほうがいいんじゃないの」

と妻が言った。


私は決断した。

私は文机に座り手紙を書いた。

数日後、その男が訪ねてくる日の朝。私はすがるような思いで、父が戦争前に書き残した手紙を開いた。

「過去を乗り越え、強く生きてください。では」

シンプルで力強く、どこか父らしい言葉に思わず胸が熱くなる。

ベルが鳴り、玄関を開けると、そこには白い髭を蓄えた男が立っていた。しかし、どこか様子が変だ。

腕の辺りを見て私は絶句した。

男は肩から先の両腕がなく、ジャケットの袖がゆらゆらと揺れていた。

私は男のその姿に、思わず涙が溢れ出てきた。そしてなぜだかわからないが、ゆっくりとその男に身を預け、父を殺した男の胸でわんわんと泣いた。涙が止まらなかった。

どういう心境だろうか？　自分でもわからない。でもなんだか父が帰って来たような気がしたのだ。


（725字）

『本当の望み』

佐伯悠河

私はこれまでの不妊治療を続けるか、精子提供を受けるかで迷っていた。

実はこういうことだ。

私たち夫婦は何年も不妊治療を続けてきた。しかし妊娠には至らなかった。どうやら夫の精子に原因があるらしい。

最終結論の日は3日後、私の排卵予定日だ。私は40歳。もうこれ以上待てなかった。

これまでの治療を続けるならこうなる。なんといっても愛する夫の子が産める。しかし、これまでの経緯からいって、妊娠の可能性はかなり低い。

精子提供を受けるならこうなる。妊娠する可能性はかなり高い。我が子をこの手に抱けるかもしれない。だが、それは見ず知らずの他人との子だ。

いよいよ決断の時が来た。

ケータイで日本精子バンクに電話をかけた。

「申し訳ございません。今回の話はなかったことにしてください」

「ホントにいいんですか?」

「はい。私は愛する夫との子どもが欲しいんです」


（364字）

『将棋名人戦』

石賀次樹

銀の前に打ってきた歩を取るか、それとも銀を下げるかで私は迷っていた。

実はこういうことだ。相手が指した手は明らかに悪手だった。私の目には一手勝ちのシナリオが確実に見えていた。しかし、彼は七大タイトルを欲しいままに独占した天才だ。きっと定石を超越した何か深い罠があるに違いない。

持ち時間はすでに秒読みに入っていた。

「一、二、三、四、五、……」

いよいよ決断の時がきた。

彼の一手が凡ミスなら楽勝、罠ならば未知の大苦戦。

私は彼の仕掛けた罠を回避すべく、一見ただ駒に見えるものを取らずに攻めの一手を打った。

対局後のインタビューで、辛うじてタイトルを防衛した名人は言った。

「いやあ、明らかなチョンボをしたのですが、彼がそれを見逃してくれたので助かりました。まあ、これが名人戦の怖いところですね」


（340字）

『10号天使ミカ』

まりこ

天使ミカは壁一面に並んだモニターを眺めながら迷っていた。6番モニターには死の床にあるマザーテレサが映っている。8番モニターには踏切の前を行ったり来たりする少女が映っていた。自分の天使力をどちらに役立てるべきか。

実はこうだ。ミカは天使になったばかりの10号天使だ。天使の中では一番位が低く、持っている力も、使っていい場所も限られている。10号天使は、聖人、賢人にだけ、自分の力を使うことを許される。こういう人たちに力を貸すことは、世界にとって正しいことに決まっているので、新米天使でも間違いのない力の行使ができるというのがその理由だ。

聖人、賢人は頭から白いオーラが出ているのですぐ見分けがつく。この場合、6番モニターのマザーテレサの傍に行くことが正しい。しかしミカは8番モニターの少女の淋しそうな瞳が気にかかるのだ。モニターにはさまざまな困っているの人々が映っているが、ミカは8番の少女が気になった。6番のマザーテレサにはもう既にたくさんの天使が付き添って、美しい音楽を奏でたり、美しい風景を見せたり、花の香りを嗅がせたりしている。8番の少女にはまだ誰もついていていない。

「ミカ、変な気起こさないで。この子は大丈夫よ。ほら、この子の胸の火はしっかり燃えているでしょう」

先輩の4号天使リンダがミカに注意した。

6番のマザーテレサにミカが力を貸すとどうなるのか。正しい力の行使は1ポイント、天使通帳にポイントがつく。10ポイント貯まるとミカは9号天使に昇格するのだ。

8番の少女に力を貸すとどうなるか。ルールを無視した罪は、降格なのだが、一番下位のミカは降格でなく、ミカ自身が露となって消えてしまう。

踏切が鳴り、遮断機が降りて電車の音が聞こえ始めた。少女の瞳が一瞬妖しく光った。

ミカはモニター画面に飛び込んだ。

ふらふらと踏切の前に立ってどれだけ時間が経っていただろうか。もういいや、もう疲れた、心の何かがつぶやいた。踏切に吸い寄せられる、と思った瞬間、ゆうなの耳に涼しげな鈴の音が響いた。

「え、何?」ゆうなの手に1滴のしずくがついた。反射的にゆうなはそれを舐めた。なぜそんなことをしたのかゆうなにもわからない。しずくは甘かった。ゆうなはなんだか気が軽くなった。なんだか急に楽しいような、元気なような気持ちがしてきた。ゆうなは踏切から離れて歩きだした。

（968字）

『時間の罠』

夏来みか

オレは、過去にタイムトリップするか、未来にタイムトリップするか迷っていた。

実はこういうことだ。

オレの研究室の教授は、タイムマシンを開発した。

オレは実験のため、過去へトリップしたり、未来へトリップしたりしていた。けれども、このタイムマシンは、何か根本的な欠陥があるらしく、オレが未来へトリップ、過去へトリップする度に、家族が一人ずついなくなっていった。

最後はこの、タイムマシンを開発した担当教授でさえ跡形もなく消え失せてしまった。

オレにはこのタイムマシンを直すことはできない。

最終結論の日は、一週間後だ。一週間以上も時空をさまよった家族や教授は完全に消えてしまうのだ。

過去へトリップすれば失った家族と会うことができる。しかし、接触はできない。

未来へトリップすれば技術が進歩していて、オレの壊れた人生を元に戻すことができるかもしれない。

いよいよ決断のときが来た。

タイムマシンのレバーを過去か、未来かに倒そうとしたとき、レバーが外れてしまったのである。


（423字）

『隠密かOLか』

山内たま

リカは迷っていた。短刀を取るか、野良着を取るか。

実はこういうことだ。短刀を手にして領主を暗殺するのか、それともこの時代で結婚し野良仕事をするのか、どちらを選ぶのかということだった。

昨晩、残業中にタイムトリップしてしまった。オフィスの制服姿で突然現れた私を助けてくれたのは伊賀忍者の集落の人たちだった。

彼らは私を大陸から来た大道芸団のはぐれ者だと思っているようだったが、集落の長に事情をはなしたところ、時空のひずみを知っているので、この集落を治めている領主の暗殺に協力すれば、その場所へ連れて行ってくれる約束をしてくれた。

決断の日は明日だ。

暗殺に協力すれば、電池の残りわずかなスマートフォンをネタに領主へ近づき、ゲームアプリに気を取られている間に短刀で一撃……。私は現代に戻れる。

暗殺を断れば、生涯この時代でいきることになるだろう。

いよいよ決断の時がきた。私を監視兼世話係しているイケメン忍者の横顔をみつめ、スマートフォンを川底へ投げ捨て、リカは会社の制服を脱ぎ野良着を手にした。

（439字）

『ドクター&ヒットマン』

石賀次樹

私は解毒剤を与えて彼の命を助けるか、見殺しにするか迷っていた。

実はこういうことだ。

私はとある神社の地下にある研究所で、秘密裏に生物兵器に対する新型ワクチンを開発していた。彼はある組織に雇われた殺し屋で、私の命を奪うために研究所に忍び込んだ。

しかし彼は私の研究室に向かう途中の通路で、研究用に飼育していた毒蛇に咬まれたのだ。私はその一部始終を防犯カメラで見ていた。あの毒蛇に咬まれたら、三時間以内に解毒剤を使用しないと死に至る。すでに彼は意識が朦朧とし始めていた。

最終結論を出すまでの猶予はあと一時間だ。

彼を助ければ、やがて私は彼に殺されるだろう。

彼を助けなければ、私は医師としての矜持を失うことになる。

いよいよ決断の時がきた。

私は彼に解毒剤を投与した。

意識を回復し状況を把握した彼は、私に向けるはずの銃口を自分の側頭部に当て引き金を引いた。

数分後、彼の亡骸は陽炎のごとく揺れだし、ほどなく蒸発するように消えてしまった。


（412字）

『うどんかそばか』

RAIZO

泰蔵、齢《よわい》八十八歳はその日の昼食をうどんにするかそばにするのか迷っていた。

実はこういうことだ。泰蔵は、老人会の二人の女性を愛してしまったのだ。英子は香川県高松市出身の白い肌をしたうどんのような老女だ。美子は長野県戸隠出身のそばの本場からやってきた豊満な老女。

このお店の食券を選ぶときに、いつも、どちらにしようかと悩むのである。

そばも食べたいけど、うどんも食べてみたい。

最終結論は前の人が食券を買い終るまでだ。自分の後ろに並ぶ客が増え、自分の番が回ってきたらすぐに買わないといけない雰囲気だから、今決めないといけない。

うどんを選んだら、高松出身の白い肌。そばを選んだら、戸隠出身の豊満な肉体。

いよいよ決断の時がきた。

私は、うどんの食券ボタンを押した。

「あれ？　おかしい食券が出てこない！」

よく見たら、うどんは売り切れになっていたのだ。

「しかたない」

私はそばの食券ボタンを押した。


（387字）

『母と人形』

敷布団

私は、母を施設に入れるか入れないかで迷っていた。

実はこういうことだ。

母が痴呆になった。父もとうに亡くなり、面倒を見るのがひとりっ子である自分と妻しかいない。

施設は入居希望者が多く、1週間以内に申し込まなくてはならない。施設に入れることは母を見捨てるようで気が進まない。しかし入れなければ、今の苦労をずっと続けなければならない。

私は、今の母との生活を思い返した。

母は昼夜構わず騒ぎ徘徊するわ、食事をイヤイヤして食べてくれないわで夫婦ともにろくに睡眠も取れずにいる。小汚い人形を「ショーちゃん」と、私の名で呼び、片時も離さない。

「ショーちゃんは、夜泣きが激しくて、何十分もオンブして子守歌を歌ってやらないと寝つかないんですよ」

「ショーちゃんは食いしん坊なのに、一度にちょっとずつしかオッパイを飲んでくれないから、すぐお腹を空かして泣いて、大変なんですよ」

こんなことをうれしそうに言うのには腹が立った。そんな私が赤ん坊のころの話などしないでくれ。今、苦労をかけているのはそっちではないか、そう思った。

私は母から人形を取りあげたことがあった。

「ショーちゃん！　ショーちゃん！」

と、母は気が狂ったように泣き叫ぶものだから、返さないわけにはいかなかった。

これ以上は無理だ。私は施設に預けると決めた。

主治医も、この決断には賛成してくれた。

「仕方ないでしょう。介護する側が倒れては元も子もないですから」

「私は疲れました。母の心がどこにあるのかわからないのです」

私が愚痴を漏らすと、主治医は言った。

「痴呆になると、その人の心は人生で最も幸福で充実していた時に戻るのです。お母さんの場合、あなたが赤ん坊のころなんですね」

「え？」

私は驚いた。つまり、母にとっては苦労ではなかったのだ。夜泣きも、授乳の回数も、そのすべてが幸せでさえあったのだ。

人形を取りあげた時のあの悲しみようは、私を失った悲しみだったのか。

こんなに愛してくれた母を、厄介者扱いしていたのかと、私は泣いた。私は考えを変えた。

母の世話は誰にもゆずれない。私は、施設の入居申込書を破り捨てた。

（866字）

第3節　運命が他人の手の中にある〈葛藤のテクニック3〉

3つ目の葛藤は、他人が主人公の運命を決めてしまうというパターンです。「葛藤テクニック1」も「葛藤テクニック2」もどちらも主人公自身が選択するというパターンでした。読者はいったいどちらを選ぶのかワクワクしながら続きを読むことができます。

今回のテクニックは、その選択を主人公以外の人が行うのです。「Aなら天国、Bなら地獄」と最初に言ってしまえば、読者は主人公が天国に行くのか、地獄に行くのかと、冒頭からドキドキします。そして、決断は主人公以外の人が下すのです。

大学の合格発表とか、就職試験とか、テストという設定を考えるといいでしょう。王子様の花嫁候補が5人いて主人公の女性が選ばれるかどうかという設定でもいいですし、刑期を終えて10年ぶりに家に帰る男のことを元妻が許すかどうかという設定でもいいです。

実際人生では、選ばれれば天国ですが選ばれなかったら地獄という、選ばれるか選ばれないかという局面を誰もが経験しているはずです。そのとき、ドキドキしながら結果を待ちうけたことを深く記憶に刻み込んでいます。それゆえ、このテクニックを使った小説は読者の身につまされる話になるのです。

主人公の運命が他人の手のなかにあるという設定は、いろんなふうに変形できます。たとえば、主人公の運命がおみくじで決まるとか、占いで決まるとかというパターンです。おみくじで、「大吉が出たらプロポーズする、凶が出たらあきらめる」というふうに設定すれば、おみくじの結果がどうなのか、読者はドキドキしながら読み進めることができます。

ポイントは、プロポーズにどのような意味を持たせるかです。単にプロポーズするかしないかという葛藤でも十分面白いのですが、もっと大きな意味合いを持たせると、読者を引きつける力が倍増します。

意味合いというのは、地獄の度合いのことです。凶が出たらプロポーズしないであきらめてしまうわけです。あきらめたら、どうなるのかという地獄を説明するともっと面白くなります。

たとえば、主人公には、結婚をあきらめてしまったお兄さんがいて、そのお兄さんがどんな悲惨な人生を送っているかを少しでも入れておくと地獄がどのようなものかが読者に伝わるでしょう。

お兄さんは40過ぎて独身。結婚をすっかりあきらめてしまったらしく、外見も気にしなくなりステテコ姿でコンビニに買い物へ行くし、肥満体になってもダイエットする気配もありません。近所の子どもたちから「キモイ」「臭い」「デブ」と言われてもヘラヘラ笑っています。人生、なにが楽しくて生きているんだろうって、兄を見ているとつい思ってしまいます。そんなふうにお兄さんのことを描写していくと、プロポーズをあきらめると地獄なんだなということが読者に伝わります。

このテクニックのポイントは他人や外部の要因が、主人公の運命を握っているという部分です。そこがうまく設定できるようになるまで、練習だと思って、ありきたりなネタでもかまいませんので、ショート小説を作ってみてください。何度も作っているうちに、奇想天外なストーリーを思いつくようになります。

【葛藤３のテンプレート】

〇〇〇〇ならら天国。

〇〇〇〇なら地獄。

実はこういうことだ。

〇〇〇〇〇〇〇〇〇〇〇〇。

審判の時がきた。胸がドキドキする。

結果はこうだ。

〇〇〇〇〇〇〇〇〇〇〇〇。

【改善前事例】

『法律』

殺されなかったら天国。殺されたなら地獄。

実はこういうことだ。数年前、日本の自衛隊は憲法解釈の変更で軍隊となった。友好国の危機を救うために今日、私の率いる部隊がある中東の紛争地域に上陸したのだ。しかし私たちの部隊は上陸早々、ゲリラ組織に身柄を拘束されてしまった。

私たちの身柄を拘束したゲリラ組織は、残虐な組織として有名だ。先日誘拐された友好国の兵士が10人並べられて次々と処刑されていくビデオ映像が動画サイトに配信された。

ガチャ、という音と共に黒い覆面をしたゲリラが数人、こちらにむかって歩いてくる。手にはＡＫ銃を所持していた。

ついに審判の時がきたか。胸がドキドキする。しかし、ドキドキしながらも私は殺されないだろうと思っていた。なぜならば、この国は指折りの親日国で、日本人には優しい。それに、先日同じく誘拐された多国籍軍の中で唯一処刑されなかったのが日本人であったのだ。彼らは「日本人だけは決して殺すな」という暗黙のルールを持っているらしい。

【改善前事例】

結果はこうだ。なんと男は私達を壁沿いに並べると私たちに向けて次々と銃を発砲したのだ。私も撃たれ、目の前が真っ暗になった。天国に登っていく最中に奴らの話し声が少し聞こえた。

「なぜ、撃ったのですか？ 奴らは日本人ですよ？」部下であろうか、発砲した男にそう尋ねると男は何度も頷きながらこう答えた。

「先日の攻撃は日本によるものだ。日本の攻撃で私の部下たちは殺された。あの中に私の親友もいたのだ。今までは日本の自衛隊は決して私たちに銃口を向けなかった。彼らは自分が撃たれない限りは絶対に発砲しない。だから私たちもそんな自衛隊に敬意を表して発砲しなかったのだ。しかし、彼らは撃たれなくても、撃てるようになった。では、我々も殺《や》られる前に殺《や》るまでだ」

男は右腕に彫ってある「侍」というタトゥーを悲しそうな顔で見つめながらそう言った。

（778字）

【解説】

冒頭の「殺されなかったら天国。殺されたなら地獄」というのは、直接的すぎます。殺されるか、殺されないかというのは、天国と地獄の同義語だからです。

たとえば、「その法律が否決されたら天国、可決されたら地獄」とするとドキドキ感が増します。読者は、このひとことで「え？　いったいどういうこと？」という疑問が生まれます。この疑問が次を読ませる力になるのです。

書き手はこの疑問に答える形で「実はこういうことだ」の次を書いていけばＯＫ。この作品の場合は、法律が可決したら地獄になるってどういうことなのかを説明しましょう。集団的自衛権の法律が可決したら、主人公は銃殺されるということが読者に伝わると、「果たして、可決するのか、否決するのか」という疑問に集中できます。

この作品は集団的自衛権のことを小説にしたものです。少し理屈っぽいですが、書きようによっては、面白い小説になるモノを持っています。それをどう料理するかです。小説とは料理の仕方次第なのです。

この作品をもう少し分析してみましょう。主人公はイスラムテロ組織に拉致され今まさに銃殺を受けようとしています。そこで、「本来ならテロ組織は日本人は殺さない」「しかし、集団的自衛権が可決されたら殺す」と設定しています。これが面白いですよね。

ということは、「法律が可決されれば殺される」「否決なら助かる」というシチュエーションが出来上がります。テロ組織に殺されるかどうかという局面には一見関係ないと思われる日本の国会中継が重要な意味を持ってくるのです。

このテクニックの勘所はここにあります。つまり、読者に、この話はこの先、どうなるんだろう。「OK」なのか「NG」なのかと注目させることです。そこで読者はハラハラするわけです。人が本を読む目的のひとつは、ハラハラ、ドキドキしたいからなのです。

【解説】

作中にハラハラ、ドキドキしている人物が複数いるとさらに効果的です。主人公は自分の運命が決まるわけですから当然ハラハラしています。その他、日本に住む家族や職場の仲間、恋人などがテレビに注目していて、ハラハラしながら国会中継を見つめていたりすると、面白さは倍増します。

創作とは、こうしたハラハラ、ドキドキする状況を設定することに尽きます。ですから、一度書いてみて、うまく設定できていなかったら書き直してください。超ショート小説ですから、何度でも簡単に書き直せます。原稿用紙100枚も200枚も書いてしまったら、書き直すのが大変です。

多くの素人作家はこの書き直す作業ができていません。素人とプロの違いはそこにあります。「書くとは、書き直すこと」と私は文章スクールで何度も言っています。書き慣れていない人にとって、書き直すことは苦痛を伴うようです。吐き出したゲロを飲み込むような感じがして、読み返すことさえしない人がいます。残念なことです。

大事なことなのでもう一度言います。「書くとは、書き直すこと」です。あなたは書き直す人になってください。

【改善後事例】

『法律』

その法律が否決されたら天国、可決されたら地獄。

実はこういうことだ。

私は自衛隊の将校である。私の部隊がアラブゲリラの捕虜になってしまったのだ。ゲリラたちはもともと親日家だったのだが、集団的自衛権が可決されたら「日本は敵になる」という。

ついに審判の時がきた。胸がドキドキする。

ゲリラたちはテレビで、日本の国会中継を見ている。議員たちが壇上へ列を作って上り、賛成か反対かの票を投じている。しばらくして「可決されました！」という議長の声が聞こえた。

私たちは壁沿いに並べられた。そして、ゲリラは銃口を私たちに向ける。

ゲリラのなかの筋肉質の男の右腕にタトゥーが彫ってあった。そこには「侍」とあった。

（293字）

【練習テンプレート】

ならば天国。

ならば地獄。

実はこういうことだ。

【練習テンプレート】

審判の時がきた。胸がドキドキする。

結果はこうだ。

『ジャングル』

石賀次樹

私は疲れ果て、大木に背をもたれてじっと目を閉じていた。しばらくすると遠くから草木をかきわけて、誰かがやってくる気配がした。それが味方なら天国、敵なら地獄だ。

実はこういうことだ。私は戦闘中、ジャングルにひとり迷い込んでしまい、すでに一週間になる。食料もつき、もう一歩も動けない。

もし、やってくるのが味方であれば、私は助かる。しかし、それが敵の場合、私は殺されるだろう。最悪のケースは拷問にかけられた上でひどい死に方をすることになる。

気配がすぐそこまできている。いよいよ審判の時がきた。しかし、私はすでに意識朦朧で、そのまま気を失ってしまった。

結果はこうだ。目を覚ますと私は、ふかふかの草のベッドの上に寝かされていた。私の動きに気がついたのか、目の前にかわいいゴリラの子供がやってきた。見覚えのある子だ。何日か前に沼にはまってジタバタしているところを私が助けてやったチビゴリ君だ。

少し離れたところで母親らしきゴリラが、優しく微笑んでこちらを見ていた。おそらく彼女が私をここまで運んでくれたのだろう。チビゴリ君はバナナの皮をむいて、それを私の口元に寄せた。私は遠慮なくひと口いただく。バナナの甘みとともに、その滋養が体中にしみわたるのを私は感じた。（521字）

『暗号』

中谷美月

「4989」と書いてあれば天国、なければ地獄だ。

実はこういうことだ。僕は大学受験をしたのだ。今日は合格者発表の日。受験番号は「4989」番。もし、「4989」の番号がなければ、今年も浪人決定だ。また地獄のような1年を過ごすのかと思うと気が重い。予備校に通っていたのに、また浪人になるなんてことになったら、両親は悲しむだろう。

審判の時がきた。胸がドキドキする。結果はこうだ。掲示板には「4989」の番号があった。

さっそく母に電話した。悲しそうな声で、「僕は、どうすればいいんだろう?」と言った。

「どうしたの、落ちたの? 大丈夫よ。今夜はすき焼きだから。たっぷりとお肉を食べて元気だしなさい」と母。

「お母さん、ごめんね。できの悪い息子で。1年間、浪人生活で苦労をかけたね」

「そんなことないよ。苦労だなんて。また1年、頑張ろうね」

「お母さん、ビックリしちゃいけないよ」

「どうしたの?」

「あのね」それから僕はひときわ大きな声で「合格したよ!」と言った。

電話の向こうで母の泣く声が聞こえた。

(440字)

『ネット婚活』

蘭子

窓際に座っている女性なら天国。壁際に座っている女性なら地獄……。

今日はネット婚活で知り合った女性と初めて実際に会うためにホテルの喫茶ルームに来たのだ。この喫茶ルームは、いつも空いていて、中庭から中の様子が見える。ネット婚活のプロフィール写真なんてまったくあてにはならない。僕はそっと中庭から観察をしている。

窓際には、清楚な美人タイプの女性が時おりスマホを触りながら、ハーブティを飲んでいる。

壁際の女性は、大柄で経済雑誌をバサバサと広げながら、コーヒーを飲んでいる。

小柄で身体も細い僕は、大柄な女性に対してコンプレックスがあるし、仕事ができる女性もちょっと怖いのだ。

待ち合わせの時間がやってきた。これは審判のときだ。胸がドキドキする。

約束通り彼女のスマホに、今喫茶ルームの入り口ですとメールをした。メールを受け取った彼女は、椅子を立ち上がることになっている。

え⁉

ニッコリ笑って立ち上がっていたのは僕より軽く15歳は年上に見えるおばちゃんのような女性。

入り口脇の死角に居たのだ。しまった……。

（445字）

『2着のウェディングドレス』

あいけん

母親が出席してくれるなら天国。出席してくれないのであれば地獄。

実はこういうことだ。

私、谷町佳代子と山本理沙は今日レズビアン同士で結婚式を挙げる。

母には8年前、レズビアンだということを告白した。その時の母の表情は今も脳裏に焼きついて離れない。まるで生気を全て吸い取られてしまったような表情だった。

1ヶ月前、結婚の報告をした時も母はただすすり泣くだけだった。

お母さんにだけは分かってもらいたかった。私のこの気持ち。

もう後10分程で式は始まってしまう、母の姿はまだない。


やっぱり来てくれないかな、と半ば諦めながら審判の時を迎えた。

でも母が来てくれるんじゃないかと、胸はドキドキする。

私と理沙が結婚式場の入口の前にスタンバイしていると、横の階段の方からバタバタと音がした。

そして黒い着物姿の母の姿が目に飛び込んできた。

「お母さん！」嬉しくて涙が込み上げてきた。

「佳代子。ごめんね。一番辛かったのは私じゃない、佳代子なんだよね。こんなことに気づいてあげられなくてごめんね。あなたが幸せなら、私も幸せよ」

「お母さん……」

「ほら、涙を拭いて。せっかく綺麗なお化粧が台無しじゃない」

「お母さん、来てくれてありがとう」

私はお母さんのくれたハンカチで涙を拭った。


（521字）

『計量』

夏子ヘミング

明日の計量で52キロ以下ならば天国。52キロを超えていれば地獄。

実はこういうことだ。俺はプロボクサーとして7戦目でチャンピオンになった。王者防衛戦の計量が明日に迫っている。周りから天才といわれているが、調整に失敗し体重オーバーなら戦わずして王座を剥奪されてしまう。空腹に耐えながら待つ計量までの時間がとてつもなく長く感じる。

審判の時が来た。胸がドキドキする。

結果はこうだ。

体重計に乗るまでに、応援してくれている人々の顔が浮かんできた。3歳になったばかりの娘、そして妻。3回戦ボーイだったころのバイト先の鮮魚店の店主と奥さん。商店街の人たち。ボクシングジムの会長や仲間たち。

体重計の針が規定の重量の目盛りでピタリと止まる。

いよいよ明日王者決定戦に挑む。相手は強豪だが、負けるつもりはない。恐れず挑むまでだ。

（352字）

『癖』

山口倫可

バレなければ天国、バレたら地獄。

実はこういうことだ。

下着ドロボーに狙われていると、娘が交番に相談に行ったのである。そして、その下着、つまり、ブラジャーをつけているのは父親である私だった。

私は職場で女性課長からパワハラに遭っていて「もう耐えられない……」と思っていたある日、自宅の洗濯物の中のブラジャーが目に入ったのだ。なぜそんな行動を取ったのか、今でもわからない。

トイレでブラジャーをつけてみると、背筋が伸びて強くなったような気がした。

それはまるで魔法のような力を私に及ぼした。

女性課長の蔑みの言葉や、嫌みのある態度を難なくかわせるようになったのだ。

しかも、営業成績もトップクラスに入ることができた。

つけるブラジャーによってもテンションが少し違うことがわかった。

妻のブラジャーをつけると、心は落ち着くがやる気モードが入らない。

娘のブラジャーをつけると、天から何かが降りてきた如く闘争心が湧く。
お巡りさんを連れて娘が帰ってくる。
審判のときが来た。胸がドキドキする。
お巡りさんが事情聴衆をしながら、
誰にも見えないように私の顔を見てニヤリと笑った。
翌日、出勤途中に交番の前で呼び止められた。
「ひょっとして、お仲間じゃないかと思ったんです。
実は、男性用もあるって知っていましたか？」

（537字）

『恵みの雨』

夏来みか

雨なら天国。晴れなら地獄。

実はこういうことだ。

2ヶ月もの間、晴天が続いた。雨が一滴も降らなかった。都心の水源のダムも水位がどんどん下がり、あと2週間、雨が降らなければ、給水制限が始まる。

砂漠化が進む地域に、人工の雨雲を発生させ、雨を降らせる装置を研究、開発している我が社に、政府から水源地域に、雨を降らすことができるか、極秘の依頼が来た。果たして雨を降らせることができるのだろうか。

審判の時が来た。胸がドキドキする。

結果はこうだ。

快晴の天候の中、装置を動かすと、もくもくと雨雲が空中に出現した。ダムの上に雨雲が発生したものの、一向に雨は降らなかった。私は目を閉じ、両手を合わせて祈った。どうか、どうか、雨を、雨を、降らせてください。龍神か、天神か、何でもいい、とにかく神様に祈った。すると、大量の雨が降り出した。


（356字）

第2章

「書ける・読ませる・面白い」小説の簡単テクニック

【願望《がんぼう》】

願望を邪魔する障害＜願望のテクニック＞

願望は誰にもあります。その願望が叶えば嬉しいし、叶わなければ悲しいはずです。

しかし、ここで少し考えてみてください。願望が叶うとき、スムーズに叶う場合と、いろんな障害を乗り越えて叶う場合と、どちらが感動しますか？

当然、障害を乗り越える場合ですよね。

「喉が渇いたからコーラを飲みたい」という願望が生まれたとします。「120円を持って、サンダルをはいて、近くの自動販売機にいってコーラを買い、ゴクリと飲んだ」と書いても、読者は楽しめません。

ここに少しでもいいので、障害を入れてみましょう。「自動販売機が故障していた」としたらどうでしょうか。主人公がここであきらめてしまったら物語はそこで終わります。ですから「願望テクニック」では、決してあきらめない人物を設定しなければいけません。

さて、「自動販売機が故障していた」ら次はどうしますか？　あきらめない人物ですから、何が何でもコーラを買いにいきますよね。１キロ先のコンビニエンスストアへ行くことにしましょうか。

そこでも障害を設定しましょう。強盗が入ったらしくて、お店の周りは警察や報道陣がいて営業をしていなかったという障害はいかがでしょうか。主人公はそれでもあきらめずに、コーラを探します。

すると、野次馬たちのなかにコーラを手にしている男性がいたとしましょう。主人公はあきらめずに、「すみません、そのコーラを少し飲ませてもらえませんか？」と声をかけるわけです。そして、ここでも障害を持って来ましょう。

その男が強盗犯だったというのはいかがでしょうか。主人公は男に羽交い締めにされ、拳銃を首に突きつけられます。そして、強盗犯は逮捕され、主人公はテレビレポーターからインタビューを受けるのです。そこで主人公は「すみません。コーラをください」と答えるという物語。

こんなふうに、願望を設定し、その願望を邪魔する障害を次々と出していけば、面白い小説が出来上がります。

テンプレートはあくまで骨組みだと思ってください。骨組みを先に作って、それを読んでもっと面白くなるように改善します。骨組みを読めば面白くなるか、つまらないものになるかわかります。ここでじっくりと吟味する必要があるのです。

超ショート小説は、すべて骨組みだと思ってください。骨組みが脆弱なのに、綺麗な壁や窓をつけてなんとか飾ろうとしても無理です。骨がつまらないと、どんなに飾ってもつまらなくなります。

ですから、超ショート小説はなるべくテンプレート通りに書いてください。そこで、面白い小説になったら次の段階です。この超ショート小説を原稿用紙50枚から100枚くらいの小説にふくらませていきます。そこでは、壁をつけ、窓をつけ、内装も綺麗に整え、庭や屋根をつけて、状況説明も詳細に書き込み、場面の描写もディテールにこだわって書いていきましょう。

【願望のテンプレート】

私はどうしても○○○○○○○○したいと思った。

たしかに、障害がある。

一つは○○○○○○○○だ。

二つは○○○○○○○○。

三つは○○○○○○○○。

しかし、私は決して、決して、あきらめない。

やるだけのことはやってみよう。

○○○○○○○○○○○○○○○○○○○。

結果はこうだ。

○○○○○○○○。

○○○○○○○○。

【改善前事例】

『デート大作戦』

私はどうしても遊園地でデートしたいと思った。私は、遊園地で彼女とデートすることが夢だったからだ。

それには、障害がある。

一つは、遠い場所にあるので、行くのを拒否されるかもしれない。

二つめは、人気のアトラクションには長蛇の行列ができること。

三つめは、彼女は怖がりなので、ジェットコースターなどの絶叫系のアトラクションには乗れないこと。

しかし、私は決して、決して、あきらめない。

やれるだけのことはやってみよう。

彼女を誘い、アトラクションの待ち時間中はずっと、彼女の話を聞いて、ぼくはひたすら聞き役になった。彼女の好きそうなアトラクションだけに乗り「限定グッズが欲しい！」という彼女のショッピングにも付き合った。

結果はこうだ。

遊園地デートは成功して、次のデートの約束もした。

（333字）

【解説】

この作品の願望は「彼女とデートしたい」というものです。つまり、彼女がデートの誘いにOKしてくれるかどうかが焦点になります。読者は、主人公が彼女とデートできるのかどうかを知りたくて読み進めるわけです。

しかし、後半部分でその読者の気持ちを無視してしまっています。「やるだけのことはやってみよう」の部分を読むと、すでにデートしたことになっているのです。願望が叶うかどうかがこのテンプレートの面白いところなのに、その願望がすんなりと叶ってしまっているのですから。

また、3つの障害とそれを乗り越えるための行動も合致していません。この3つの障害は遊園地という場所が不適切だという理由に集約できます。これだと、障害を乗り越えるには、遊園地の素晴らしさやメリットを彼女にアピールしなければいけなくなります。なのに、後半部分では、デートしたときに頑張って彼女に合わせたことが書いてあるのです。

もしも、冒頭の願望部分が「デートで彼女を喜ばせたい」となっていれば、このままでもよかったかもしれません。

たとえば、「笑顔を失った彼女を喜ばせたい」という願望ならば、あとのことが生きてきます。「人気のアトラクションは長蛇の列ができること」「彼女は怖がりなのでジェットコースターには乗れないこと」などの障害が生かせます。沈んだ顔の彼女が最後、笑ってくれるのかどうか、そこに読者を注目させると面白い小説になります。

【改善後事例】

『デート大作戦』

私はどうしても遊園地でデートしたいと思った。私は、遊園地で彼女とデートすることが夢だったからだ。

それには、障害がある。

一つは、遠い場所にあるので、行くのを拒否されるかもしれないこと。

二つめは、金欠でいまはデート資金もないこと。

三つめは、私のことを好きではないかもしれないこと。

しかし、私は決して、決して、あきらめない。

やれるだけのことはやってみよう。

私は短期のアルバイトを見つけて深夜も寝ないで働いた。デート資金をねん出するためだ。そして、友人が車を貸してくれることになった。だから、遊園地の場所が遠くても大丈夫。準備は整った。あとは、彼女が私のことをどう思っているかだ。

私は、思い切ってメールを送った。「今度の休みに遊園地へ遊びに行きませんか？」と。

結果はこうだ。

返信メールにはハートマークがたくさんついていて、最後に「よころんで」とあった。

（372字）

【練習テンプレート】

私はどうしても

したいと思った。

たしかに、障害がある。

一つは

二つは

三つは

【練習テンプレート】

しかし、私は決して、決して、あきらめない。

やるだけのことはやってみよう。

結果はこうだ。

＜願望のテクニック＞小説事例

『素懐（そかい）』

山口倫可

私はどうしても役者として成功したいと思った。

たしかに障害はある。

一つは、役者になって20年。もう48歳だ。

二つめは、劇団の中では未だに裏方仕事だ。

三つめは、今の収入では家族を養えない。

しかし私は決して諦めない。やるだけのことはやってみよう。

鼻持ちならないヤツだが、プロデューサーになった先輩に頼んでみた。

「ムリムリムリ、おまえさ、フツーなんだよな。顔、つまんねーし」と一蹴された。

プライドもかなぐり捨てて、大物役者になった後輩に仕事がないか頼んでみた。

「今、ドラマ不毛の時代で僕でさえあぶれているんですよ」と断られた。

オーディションにも落ちまくり、もうこれまでかと思ったとき、妻がある雑誌を私に渡した。

そこには、インド映画の役者募集の告知があった。

私は今、インド映画でジャパニーズヒーローと呼ばれ、大物役者として、充実した生活を家族とおくっている。


（374字）

『叶わぬ恋』

山内たま

私はどうしても、生涯を添い遂げたい相手がいる。

それには障害がある。

一つは、彼は代々歌舞伎役者の家柄で私のような一般庶民には高嶺の花だった。

二つは、私は彼の稽古場の警備をしているスタッフだ。

三つめの障害は最大で、私は犬だ。

しかし、私は決して、決してあきらめない。

私は今日もしなやかで優美な姿で稽古場に入っていく彼に「キューン」と羨望のまなざしを送る。

私はやれるだけのことをやるしかない。

そんなとき、花束を投げ捨て、ナイフを持ち「私のものになってぇぇ」と奇声をあげながら彼に向かっている女がいた。私は無我夢中になって女に吠え、歯をむき出して威嚇した。ひぃ……といいながら振りかざしたナイフが私の肩に刺さった。女は転げ警備員に取り押さえられた。私の肩からは血がボタリと落ちていた。

結果はこうだ。私は命の恩人として、彼の家で片時も離れず過ごせることになった。傷跡は足に障害を残したが、彼が私の世話をしてくれている。いま、幸せに満ちている。


（416字）

『フェニックス』

石賀次樹

彼はどうしても今度の国際ピアノコンクールで優勝したいと思っていた。

たしかに、障害がある。

一つ目は、周囲の誰もが「お前には絶対無理だ」とネガティブ言葉を浴びせること。

二つ目は、ちまたでは天才と言われているライバルがいること。

三つ目は、練習のしすぎで腱鞘炎になり、ドクターストップがかかっていること。

しかし、彼は決して、決して、あきらめない。

やるだけのことはやってみようと、彼はかたく決心した。

まずは、ネガティブ言葉を浴びせる連中との縁を切った。

また、自分に集中するため、ライバルに関する情報を一切遮断した。

そして、腱鞘炎対策のため特別にあつらえたサポーターを着けながら、彼は毎日10時間以上の猛練習をした。

いよいよコンクールの当日を迎えた。

彼は自分の出番になると無心で鍵盤に向かい、課題曲を最後まで弾ききった。

結果はこうだ。

彼は優勝どころか予選落ちした。そして彼の手は、もはやピアニストとしては使いものにならないほどボロボロになっていた。

それから20年後。

彼は今、以前自分が挑戦したピアノコンクールの審査員席に座っている。

あれから彼は作曲家へと転身し、巨匠と呼ばれるまでに大成していた。

（493字）

『脱獄』

翔一

俺はどうしてもこの地獄のような刑務所から脱出したいと思った。こんな場所にいては、刑期を終える前に殺されてしまう。

確かに障害はある。

一つは、この牢屋のドアをどうくぐり抜けるか。

二つは、警備員の目をどうやってかいくぐるか。

三つは、建物を囲んでいる塀をどうやって越えるか。

しかし、俺は決して、決して、諦めない。

俺は同じようなことを考えている奴を何人か集め、建物の構造や警備員の巡回ルートなどの情報を共有した。そして、それらの情報から脱獄計画を立て、実行する日をひたすら待った。

結果はこうだ。

当初の計画通り、刑務所を囲む塀を登りきることができた。

だが、刑務所の周囲が海で囲まれているのを知り、絶望した。ここへ連れてこられる際、窓が一切ないヘリコプターで護送された。刑務所の外がどのようになっているかなどの情報は一切なかったのだ。

看守に捕まった俺たちを待っていたのは、以前よりはるかに厳しい仕打ちであった。

（398字）

第3章

「書ける・読ませる・面白い」
小説の簡単テクニック

【対立《たいりつ》】

二人の人物が対立する〈対立のテクニック〉

二人の人物が対立すると、それだけで面白い小説になります。対立も葛藤のひとつですから、とにかく物語のなかに葛藤を入れることなのです。

人間が対立すると、感情がもつれて喧嘩になります。喧嘩になる前は口論になります。口論の一歩手前は意見の食い違いです。つまり、ちょっとした意見の違いが喧嘩になるのです。

そこで、どんな意見の違いがあるのかを先に設定してください。その意見の違いで、セリフをどんどん書いていきましょう。意見が食い違うとセリフがどんどん出てきます。

問題は、二人の人物を対立させたあとをどうするかです。勝敗を決めなければいけません。Aさんを勝たせるのか、Bさんを勝たせるのか、あるいは引き分けにするのかです。つまり、今回のテンプレートの「そのとき、こんなことがあった」のあとが重要になります。そこをどう書くか考えてみましょう。

実は、このパターンはイソップ物語に多く見られます。『北風と太陽』『アリとキリギリス』『ウサギとカメ』『田舎のネズミと町のネズミ』などです。たとえば、『北風と太陽』では、両者の意見の違いが明確になっています。北風は旅人のコートを力任せに風で吹き飛ばそうとします。これは強引にことを進めるという意見の象徴です。一方、太陽はポカポカと温めることで旅人のコートを脱がせます。これは、本人の主体性を重んじて事を進めるという意見の象徴です。結果は太陽が勝ちます。主体性を尊重し、相手が進んでコートを脱ぐように進めていこうという作者のメッセージがここにあります。

意見の対立を書いたあとの処理の仕方には三つあります。

一つは、時間を経過させることです。時間が経過するとその後どうなったかが見えてきます。対立した二人が、みずからの意見のとおりに行動した結果、どうなったかを見せることで、どちらの意見が正しいかを表現することができるのです。

二つは、場所を変えること。場所が変わると、どちらの意見が正しいかが見えてくる場合があります。たとえば、A子さんは「結婚なんかしなくていい、一人で生きていく」という意見で、B子さんは「結婚して家族を持つべき」という意見でした。ところが、二人はタイムスリップして石器時代で生活することになりました。そこでは、一人で生きていくことは死ぬことに等しい状況です。そうすると、「やっぱり結婚して家族を持つほうがいいよね」となります。

三つは、第三者を登場させること。第三者にジャッジしてもらうというパターンです。たとえば、落語の小噺にこんなものがあります。

クマさん「ネズミをつかまえたんだってね。見せてみなよ。なんだ、小さいねぇ」
ハチさん「そんなこたぁ、ねぇよ。大きいだろ」
クマさん「小せぇよ」
ハチさん「大きいよ」
――なかでネズミが「チュウ」

これは、第三者のネズミが登場してジャッジしたパターンです。

【対立のテンプレート】

Aさんの意見はこうだ。
○○○○○○○○○○○○。

Bさんの意見はこうだ。
○○○○○○○○○○○○。

そのとき、こんなことがあった。
○○○○○○○○○○○○。

【改善前事例】

『最終レース』


僕の心の中に二人の僕がいた。

ポジティブな僕の意見はこうだ。

「なんだよ〜、二回馬券外して、五万円負けたくらいで落ち込むなよ！　次の最終レースで残りの五万円賭けちゃおうぜ！　絶対に当るって」

ネガティブな僕の意見はこうだ。

「もう今日は勝利の女神に見放されたんだよ。残り五万円あるんだから、いまから彼女を誘って美味しいディナー食べに行こうぜ。チャンスはまたくるよ」

そして、こんなことがあった。

僕は彼女を誘いディナーへ行った。

彼女は満面の笑みをこぼして、美味しそうにステーキを口に運んだ。

僕はお金なんかよりも、彼女の笑顔が見たかったのだと思った。


（268字）

【解説】

面白い作品なのですが、少しだけ「?」となる部分があります。それは、「ネガティブな僕の意見はこうだ」と言っておきながら、かなりポジティブなセリフを言っていることです。

ですから、AとBの意見の対立があいまいになっています。どちらもポジティブな意見なので、ほとんど対立になっていません。

作者としては、残りの5万円を賭けるか、賭けないかで対立させたつもりなのでしょうが、ポジティブとネガティブという言葉を使ってしまったせいで、その対立がぼやけてしまいました。

こういうことがあると、読者はうんざりして次を読んでくれなくなります。

対立を鮮明にすることです。そうすれば、読者はその対立の行く末が気になって次を読んでくれます。

超ショート小説では、対立部分は一言二言でかまいません。しかし、これをふくらませて短編や中編、長編小説を書く場合は、対立部分をしっかりと書き込む必要があります。対立する2人の人物を設定して、セリフや行動で対立部分を際立たせていくのです。

私が文章スクールで見本にしているのが芥川龍之介の『羅生門』です。死人の髪の毛を剥いでいる老婆と、正義感の強い青年の対立が見事に描かれています。対立のテクニックのいいお手本ですので、ぜひともいま一度読んでみてください。

【改善後事例】

『最終レース』


僕の心の中に二人の僕がいた。

ポジティブな僕の意見はこうだ。

「なんだよ〜、二回馬券外して、五万円負けたくらいで落ち込むなよ！　次の最終レースで残りの五万円賭けちゃおうぜ！　絶対に当るって」

ネガティブな僕の意見はこうだ。

「五万円は大金だぞ。もうここで辞めておけ。お前はもう、運に見放されたんだよ」

そのとき、こんなことがあった。

彼女からメールがあったのだ。付き合い始めて二カ月の彼女だ。

「私、ギャンブルで弱気な人、嫌いなの」

え？　と思った。どこかで見てるのか？

まあいい。こうなったら、最終レースに全財産を賭けてやる。

ところが、最終レースも負けてしまった。また彼女からメールが来た。

「負け犬はもっと嫌い」


（299字）

【練習テンプレート】

Aさんの意見はこうだ。

Bさんの意見はこうだ。

【練習テンプレート】

そのとき、こんなことがあった。

＜対立のテクニック＞小説事例

『欲望と現実と』

佐伯悠河

田中さんの意見はこうだ。

「今日の昼飯は、絶対ファイトステーキハウスのステーキランチだ！」

佐藤さんの意見はこうだ。

「いいや、イケイケカレーの特盛セットのほうがいいに決まってる！」

そのとき、こんなことがあった。

総務部の鈴木さんが通りかかり、言い争う二人に声をかけたのだ。

「あ、田中さん、佐藤さん、今週末の健康診断の問診票とメタボ診断申込書、今日中に出してくださいね」

鈴木さんはそう言うと、にっこり笑って去っていく。

「‥‥今日は千住庵のざるそばにしておくか」

「‥‥そうだな」

二人はスーツがはちきれそうなほどふくらんだ下腹をなでながら、力なくそう言い合った。


（275字）

『大事なのは何?』

石賀次樹

杏子の意見はこうだ。

「男はやっぱり、見た目でしょ」

桜子の意見はこうだ。

「いいえ、男の人は中身が肝心よ」

そのとき、こんなことがあった。

ある有名女優が婚約の記者会見を開いた。相手は外見も性格も最悪との評判の映画監督だった。

芸能リポーターが女優に質問した。

「監督のどこに惹かれたのですか?」

女優は即答した。

「そんなの、あれに決まってるでしょ、あれ。男の価値はあれよ」

杏子と桜子は絶句した。


(192字)

『借りるか買うか』

秋カスミ

ハルの意見はこうだ。

「都内でマンションに住むなら、賃貸が気楽でいいわよね。ライフスタイルに合わせて引っ越しできるし」

マイの意見はこうだ。

「そんなことないわよ。賃貸なんて高い家賃をドブに捨てるようなものじゃない。やっぱり分譲よ。都内なら買ったときより高く売れることもあるのよ。資産価値の高いところならね」

そのとき、こんなことがあった。

マイの夫が突然のリストラにあったのだ。夫は外資系コンサルに勤めていて、年収は1000万を超えることもあった。贅沢な暮らしぶりが、自分では贅沢とも思わないほど日常になっていた。無職の夫はハローワークに行くこともせず、ぶらぶらしている。

2年前に買った杉並のマンションのローンは月々18万円。払い続けるかローン残してマンションを手放すのか。

パートの求人広告を手にしながら、「賃貸が気楽でいいわよね」というハルの言葉が頭をよぎった。


（378字）

『野球それともサッカー』

石賀次樹

爺ちゃんの意見はこうだ。

「一也には野球をやらせたい。そして、将来は巨人に入団させるんだ」

父ちゃんの意見はこうだ。

「いや、今は野球よりサッカーの時代だ。だから一也にはサッカーをやらせたい。そして、将来はワールドカップの日本代表にさせるんだ」

そのとき、こんなことがあった。

一也の小学校の担任の先生が家庭訪問に来た。

「一也君はどうも運動は苦手のようですね。でも、彼は絵を描くことはすごく得意みたいです。ぜひ絵の才能をのばすことをお薦めします」

と先生は言った。

それを母ちゃんから聞いた爺ちゃんと父ちゃんは、しょんぼりと晩酌のビールを酌み交わした。


（269字）

『班はどっち？』

高山雄大

権蔵さんの意見はこうだ。

「今度新しく引っ越してくるちゅう家があるんだと。そりゃ正造さんの方で面倒見てくれや。何でも祝言をあげたばかりの夫婦らしいちゅうじゃねぇか。うちの班は10軒ほどだが、ほとんど年寄りが多いでのう。ここでのしきたりとか伝えたところで反感をもたれてもやっかいじゃ」

正造さんの意見はこうだ。

「いやいや、権蔵さん。わしの班はどうしたわけか男のひとり暮らしが多くてな。先日も甲斐性なしが離婚してなぁ。若夫婦なんぞをうちの班に入れたらやっかみがすごくなってしまうがな。下手すると出歯亀になる輩が出て来てもおかしくない。そうなりゃ村の評判はがた落ちだ」

2人は押し付け合いをしばらく続けた。

その時、雷蔵さんが駆け込んできた。

「権蔵さんいるかや…、おっ正造さんもいたんか。いいあんばいだ。実はな、今度村にくる若夫婦。何でも都会で流行っている宝くじが当たったとかでそりゃもうすごい金持ちだそうだ」

「なにっ、そりゃホンマか」

「あれっ、そりゃすごい」

権蔵さん、正造さん、それぞれ声が裏返るほどの驚きようだ。

「ぜひ、うちの班で面倒見てあげるがな」

「いやいや、ここはわしの出番だな」

2人は延々と引き受け合戦を続けたそうな。


（507字）

『2人のママ』

蘭子

キコちゃんママの考えかたはこう。

「一刻も早く保育園を見つけて仕事に復帰したいの。子供は可愛いけど、家で子供と2人きりで過ごす生活なんてつまらないし、自分のものを自由に買えないなんて絶対にイヤなのよ」

蓮くんのママの意見はこう。

「私はせめて幼稚園に入るまでは蓮と一緒に居て、しっかりと子育てをしたいわ。その方が子供にとって良いような気がするの……」

キコちゃんママは、保育園の抽選に見事当り、職場復帰をした。

蓮くんのママはリトミックにプレスクールに、ママ友と子供を交えてのランチと、毎日が忙しい。


数年後。

キコちゃんママの、職場が倒産したのだ。思うように仕事が見つからず、自宅で毎日パソコンに向かっているうちに、キコちゃんママはネットで仕事をすることを思いつく。収入は会社勤めをしていたころの倍近くになり、今は自分のノウハウを情報商材にして販売をするビジネスに着手している。

一方、蓮くんのママはというと、パパと離婚をすることになった。パパに彼女が出来ていたのだ。「子供のため」が口癖の蓮くんママは、パパにまったく気持ちが向かわなくなっていた。

悔しさと絶望感で何もする気が起きずにいると、メールが届いた。

差出人はキコちゃんママ。

新しいビジネスの案内メールだった。

「何よ、こんな時に」とメールを消去するつもりが、その手を止めた。これは、もしかしたらチャンスなのかも。

蓮くんママは、キコちゃんママからのメールをじっくりと読み出した。

（609字）

『実験』

あいけん

ある国の人は言った。

「武器をもつのが当たり前だ。もし相手が武器をもって襲ってきたらどうやって身を守るんだ。どうやって家族を守るんだ」

私の国の人は言った。

「いいえ、武器を持つ人がいなくなれば襲ってくる人もいなくなるはずよ」

ある国の人は目を真っ赤にして怒り出した。

「これだから平和ボケしていると言われるんだ」

私の国の人もその言葉に激昂した。

「平和ボケで結構よ。あんたみたいな戦争好きの国の人には言われたくないわ」

「なんだと、この野郎」と、ある国の人が私の国の人に掴みかかった。私の国の人は必死で抵抗する。

そのとき、辺りに1発の銃声が鳴り響いた。その音と共に、まるで糸を切られた操り人形のように私の国の人はその場に倒れていく。どうやらある国の人が怒りのあまり、持っていた銃で私の国の人を撃ったらしい。

またただ、と私は思った。

「教授。実験結果が出ました」

私はため息をつきながら、手にもったクリップボードの紙に『ある国発砲』と書いた。

「そうか」

「片方に武器を持たせた場合、実験100回のうち98回片方が撃たれて死んでいます。ある国ではなく私の国の人にだけ持たせた場合も同じ結果です」

「あとの2回はどうなったんだ?」

「奇跡的に撃たれた方が一命をとりとめています」

「そうか、どちらにも武器を持たせてもだめ、片方に持たせてもだめか」

教授はフウッとため息をもらして、机の上の紙にサインをした。


（586字）

『たい焼きはどこから食べるか』

山内たま

エリの意見はこうだ。

「頭からガブっといくね。それに尻尾より、頭の方があんこ遭遇率が高いもん」

ミサオの意見はこうだ。

「えー、尻尾からだよ！　頭からなんて可哀想すぎる！　それにカリッとした尻尾が蒸気でふやける前に堪能するべき」

その時、最後に並んでいたタケシが戻ってきた。

「いや〜、やっぱりたい焼きは開いて食べるにかぎるね〜」といい、左右に開き片側にだけのったあんこをパクッと食べた。

エリとミサオが口をそろえて「それは絶対ない！！」


（213字）

『わたしの離婚理由』

敷布団

「離婚よ！」

わたしは叫んだ。

「話し合おう！」

と夫が言う。

しかしわたしは聞く耳持たずに家を飛び出した。理由は夫の浮気。わたしは不貞を許すほど寛容ではない。夫から何度も着信があるが、すべて無視している。


わたしは姉のところに来た。

姉も夫の浮気で離婚している。わたしの味方になってくれるはずだ。

そう期待していたのだが、夫の愚痴を言うわたしに姉はやさしく言った。

「最も多い離婚理由って、なんだと思う？」

「え？　相手の浮気かな？　お姉ちゃんもそうでしょ？」

「表面上はそういうことになってるけど、じつは違うの」

「どういうこと?」

「離婚理由で一番多いのは、コミュニケーションを取れないことなのよ。うちもそう。ほんとはわたし、離婚なんてしたくなかったんだけど、再構築の話し合いに応じてくれなくて、一緒に住んでてもまったく会話のない日が続いて、それが浮気されたことよりも悲しくて離婚を決めたの。あなたも夫が話し合いから逃げているなら、離婚すべきだと思うわ」

それを聞いて、わたしは詰まった。

話し合いを拒絶しているのは、わたしの方だ。どうせ夫は嘘をついて誤魔化そうとするに決まっていると思ったからだが、ひょっとしたら違うかもしれない。

まあ、話ぐらいは聞いてもいいか。わたしはそう思い直し、スマホを手に取った。


(542字)

第4章

「書ける・読ませる・面白い」
小説の簡単テクニック
【緊張《きんちょう》と緩和《かんわ》】

9割の緊張と1割の緩和で締める＜緊張と緩和のテクニック＞

人間は長時間緊張を強いられたあと、ふっと緩和されると心が大きく動きます。

たとえば、警察の取り調べ室で、24時間厳しい叱責を受け大声で怒鳴られ続けて、緊張感を強いられたとしましょう。そのあとで、母親からの愛情のこもった手紙を読まされたりしたらどうでしょうか。容疑者は泣きだすのではないでしょうか。

それは緊張と緩和の心理を利用したテクニックです。

文章のなかに読者を緊張させるような言葉を入れます。テンプレートでは「恐怖」「怒り」「悲しみ」というネガティブな感情を入れてあります。ネガティブな感情はそれだけで緊張感をかもしだしてくれるからです。

小説を書く前にそれらのネタを準備しましょう。どんな恐怖にするのか、どんな怒りを入れるのか、どんな悲しみだろうか、と考えてみてください。あとは、それらをテンプレートに入れて書くだけです。

もっと長い作品へとふくらませるときは、緊張を9割ほど書いて最後の1割で緩和するようにします。読者を緊張させる部分では、ピーンと張り詰めた雰囲気を出すことを心がけてください。

最後の緩和の部分は、ふっと読者の息を抜かせることを考えてみてください。緩和ですから、やわらげなければいけません。緊張とはまったく逆のことを書く必要があります。

テンプレートでいうと、「そのとき」のあとの「○○○○」の部分です。

たとえば、猛スピードで車を走らせ続けているときに、ふっと急ブレーキを踏むとか、電動ノコギリが徐々に近づいてくるとき、ふとそれが止まるとか、そういう設定を考えるといいでしょう。

また、対立のテクニックのように、最後の緩和部分で、時間を経過させるというパターンもあります。恐怖と怒りと悲しみに襲われて緊張がピークになっているところを表現しておいて、ふと1年後に飛んだりすると読者の心に緩和が起こります。

ポイントは、前半部分でしっかりと読者を緊張させることです。ここで緊張度合が弱いと緩和との落差が少なくなり、面白味が半減します。緊張をとことん追求して、思い切り読者を緊張させてみてください。

緊張と緩和のテクニックが見事にハマってる作品が宮本輝さんの芥川賞受賞作『蛍川』です。主人公の身の周りには次々とネガティブな出来事が起こり、読者に緊張感を与えます。まず父親が脳溢血で倒れます。さらに借金苦が襲います。友人の関根君が釣りの最中に溺れて死にます。関根君の父親が狂います。そして、主人公の父親が死ぬのです。これでもか、これでもかと緊張感のある出来事が続きます。

そして、ラストシーンです。最後、山奥の川底に大量の蛍が妖光を放っています。この印象的なラストが緩和です。

【緊張と緩和のテンプレート】

怖くてたまらない。○○○○からだ。

いったいどうしたことだろう。
恐怖はさらに大きくなっていく。
理由は、○○○○からだ。

私は怒った。○○○○○。
すると、○○○○。
私は悲しくなった。○○○○からだ。

そのとき、○○○○。

【改善前事例】

『借金取り』

怖くてたまらない。明日までに闇金業者に借金を返さなければいけないからだ。いったいどうしたことだろう。恐怖はさらに大きくなっていく。理由は、暴力団の組員が毎日のようにドアを激しく叩くからだ。私は怒った。「綾子の借金なんだから私に請求するのはおかしいでしょ！」するど借金取りは、「借りた本人が逃げた場合、連帯保証人のお前に支払ってもらう」と言ってきた。私は悲しくなった。親友の綾子が逃げるなんて……。しかも700万なんて払えない。本人さえ見つかれば……。あっ！ そのとき、私はひらめいた。そして電話をした。「もしもし。渡辺です。啓二君にお願いがあるの……」

次の日、私は啓二君が住むアパートの前へ行き、死角になる場所に隠れた。数分後、黒塗りの車がアパートの前に止まった。車のドアが開くと、闇金業者が出てきて、啓二君が住んでいる部屋に行った。怒鳴り声の中、綾子は車の中へ無理やり乗せられ連れて行かれた。

啓二君は綾子の彼氏で、そこに逃げ込んでいると思った。案の上その通りで、「綾子にどうしても会わせたい人がいるから、15時に啓二君の家に居て欲しい。このことは綾子には内緒にしてね」と電話で言っておいたのだ。

（498字）

【解説】

前半は緊張感があっていいのですが、後半が緩和になっていません。問題を解決する段落になっていて、緊張と緩和の落差が出ていないのです。この問題をこんなふうに解決しましたという説明を読者は聞いても、物語の魅力を感じることはできないでしょう。

このテクニックのポイントは、落差なんです。最後の最後まで、緊張感を持たせておいて、最後に一気に緩和して落とすのです。なのに、解決部分を、こんなふうに書いてしまったら、緩和になりません。ひとことでストンと落とすようなラストを考えてみてください。

この作品の後半は、もともと借金をした綾子が彼氏の啓二君のアパートにいたということになっています。そして、その居場所を主人公が闇金業者に教えたのでしょう。主人公はその様子を陰でみているわけです。

この作者は、友人に裏切られたら、裏切り返すという復讐劇の面白さを考えたようです。しかし、復讐劇を書くのであればこのテンプレートはふさわしくありません。もっと違うテンプレートを自分で開発して書いてみてください。

【改善後事例】

『借金取り』


怖くてたまらない。明日までに闇金業者に借金を返さなければいけないからだ。

いったいどうしたことだろう。

恐怖はさらに大きくなっていく。

理由は、暴力団の組員が毎日のようにドアを激しく叩くからだ。

激しさは日ごとに増していく。暴力団の数も増えているようだ。

私は怒った。「綾子の借金なんだから私に請求するのはおかしいでしょ！」

すると借金取りは、「借りた本人が逃げた場合、連帯保証人のお前に支払ってもらう」と言ってきた。

私は悲しくなった。親友の綾子が逃げるなんて……。しかも７００万なんて払えない。

そのとき、キッチンの小窓からなかをのぞいていた１人のチンピラが叫んだ。

「ネエさん。ネエさんじゃないっすか。レディースのカシラをやっていた、アーリー・キャッツのネエさんじゃないっすか。懐かしいっすね」

組員たちは、みな昔、私が面倒見ていた連中ばかりだった。


（368字）

【練習テンプレート】

怖くてたまらない。

からだ。

いったいどうしたことだろう。

恐怖はさらに大きくなっていく。理由は、

からだ。

私は怒った。

【練習テンプレート】

すると、

私は悲しくなった。

からだ。

そのとき、

『話せばわかる』

夏来みか

怖くてたまらない。知らない男に追いかけられているからだ。

いったいどうしたことだろう。

恐怖はさらに大きくなっていく。

理由は、お巡りさんもそれに加わって、私を追いかけてくるからだ。

私は怒った。

「なんで私のこと追いかけるのよ。追いかけないでよ」

すると、男達は言った。

「とにかく、待て」

私は悲しくなった。お巡りさんにまで追いかけられているのに、誰も助けてくれないからだ。

そのとき、ついに男は私の肩をつかんだ。

「このお財布。あなたのでしょ？　落とされましたよ」


（225字）

『人生』

山口倫可

怖くてたまらない。夢からさめたと思ったら、崖っぷちに立っていたからだ。

いったいどうしたことだろう。

恐怖はさらに大きくなっていく。理由は、風が強く吹き始めたからだ。

私は怒った。なぜこんな場所に立たされているんだ。

すると、足元の石ころが一つコロコロと転がり、眼下の雲海の中に吸い込まれていった。

私は悲しくなった。なんでこんなところに、独りぼっちで立たされているんだ。

私もあの石ころと同じように谷底に堕ちるしかないのか？

そのとき、雲海が割れ、目にも止まらぬ速さで、何かがこちらにやって来た。

きんとん雲に乗って、如意棒を持った孫悟空だった。

「和尚、待たせたな！　さあ、また楽しい旅にでようぜ！」


（293字）

『崖』

まりこ

私は崖の道を歩いていた。怖くてたまらない。道がどんどん細くなっていくのだ。どうしてこんな道を歩いていかなければならないのだろう。

ザリザリっと道から砂が落ちる。恐怖はさらに大きくなっていく。崖下から吹き上げてくる風が強くなってきたからだ。「ゴォッー、ゴォツー」と風の音がする。吹いてくる風に吹き飛ばされそうだ。

私は怒った。何で、こんな道を歩かなければいけないんだ。もう引き返そう。私は来た道を戻り始めた。するとどうだろう。「ピチュピチュッ」と向こうから何者かが変な音を立てながらこちらに向かってくるのだ。何者だろう。人間ではないな。

私は悲しくなった。進むことも引き返すこともできない。「ゴォッー」「ピチュピチュ」私は二つの音の中にうずくまった。

その時、「ゴオオォッ」さらに強い風が襲ってきた。私は空中に舞い上がり、崖下に落ちていった。

いつもの夢で目が覚めた。「ゴオォッ、ピチュピチュ、ゴオォッ、ピチュピチュ」隣で夫が規則正しくいびきをかいていた。私は夫をそっと押した。夫はごろりと横を向いた。いびきはぴたりと止まった。

私はいつものようにまた眠りに落ちていった。

（479字）

『感情のない世界』

あいけん

怖くてたまらない。

ここの住人達は無表情で、まるでロボットのようだ。いったいどうしたことだろう。

恐怖はさらに大きくなっていく。住人達には感情というものが欠落しているように見えたからだ。肩がぶつかっても、見向きもしない。

人通りの多い交差点を通った時だった。ドーンと鈍い音がしたかと思うと、目の前で白いワンピースを来た女性が宙を舞った。女性が車にはねられたようだ。

しかし、道行く人はおろか、女性をはねた車の運転手までも、それを気にも止めることなく平然としている。そしてその車はまた何もなかったかのように走りだした。はねられた女性は道に倒れたまま動かない。

僕は反射的に女性の元に駆け寄った。声をかけたが反応がない。口元に耳を当ててみると既に呼吸は止まっていた。

早く救急車を呼ばなくちゃ。しかし、誰も見向きもしない。いったいどうなっているんだ、ここは。

私は怒った。

「このままじゃこの女の人が死んじゃいますよ。誰か、早く救急車を呼んでください」

しかし、依然としてここの住人達は僕とその女性の横を見向きもせずに通り過ぎていく。

僕は悲しくなった。なんで誰も助けようとしないんだ。なんと無情な人々だろうか。僕は道路の真ん中で、女性に心臓マッサージと、人口呼吸を始めた。

その時だった。後ろからゴーッというけたたましい音が聞こえてくる。振り向いて僕は愕然とした。なんと大型トラックがこちらに向かってくるではないか。クラクションもなく、スピードを緩めることもなく突っ込んでくる。

「あぁぁぁ！！！」

気がつくと僕はビルの屋上にいた。そして全てを思い出した。僕が人間関係に疲れ、ビルから身を投げようとしたこと。そして人間関係のない世界に行きたいと願ったことを。

しかし今、僕ははっきりとこう言える。僕はこの世界で生きたい、と。


（747字）

『女かトラか』

鵜養真彩巳

ジョンは、マフィアの娘ジーナと恋に落ちた。固く愛を誓った二人だが、ジーナの父・マリオにみつかると、ジョンは捕らえられてしまった。

彼は怖くてたまらない。いったいこれから何をされるのだろう。

地下室に連れて行かれると、目の前にドアが２つあった。天窓からジーナとマリオが覗き込み、ジョンにこう告げた。

「さて、このままお前を殺してもよいのだが、お前にチャンスをやろう。片方の部屋には人喰いトラが、もう片方には女が入っている。好きなほうを選べ」

ジョンの恐怖はさらに大きくなっていく。もしトラを選べば、命はないからだ。しかし、確率は２分の１。

「このゲームは娘からの提案だ。女を選べば命だけは助けてやろう」

ジョンの恐怖は怒りに変わった。（ジーナは俺に生きろと言っているのか？　それとも喰い殺されろというのか？）

ふとジーナをみると、彼女は目配せをして左のドアを選ぶよう合図をしている。

ジョンは、彼女の意図がわからず絶望した。果たして彼女を信じてよいのか？

「…右のドアにする」

ジョンは自分の直感を信じた。

そのとき、右の扉が開いた。扉の向こうには美しい女性が微笑んでいた。

どうやら命は助かったようだ。

「命拾いをしたな。その女はくれてやるから、二度と娘に近づくな」

父マリオの言葉を聞きながら、その時ジーナは無表情でジョンを見下ろしていた。

全てはジーナの復讐だった。

ジョンの浮気に気付いた彼女は、腹いせにこんなゲームを仕組んだのだった。

（604字）

『30ｍの恐怖』

おかだなつこ

怖くてたまらない。高さ30ｍ、あと一歩踏み出してしまえば地面へ真っ逆さまに落下してしまう場所に立たされているからだ。

恐怖はさらに大きくなっていく。理由は、大きな男が背中を小突き続けているからだ。その男は退路をその大きな体でふさいでしまって、私に一切の逃げ場を与えない。

私は怒った。

「押さないで！　やめてよ！　落ちるっ！　やめてっ！」

それでもその男はにやりと笑いながら「知らねーよ」と言わんばかりに背中を小突き続ける。

すると、男は「とっとと落ちろよ」とでも言いたげな顔をして、にやりと不敵な笑みを浮かべる。

私は悲しくなった。どんなに怒っても、叫んでも、そもそも彼には日本語が通じないからだ。もう終わりだ。終わりなんだ。どんなに怒っても、叫んでも。たとえ泣いたとしても。男は依然としてにやにやしながら鼻歌を歌い、私の背中を小突き続ける。

そのとき、今までで一番強い力でドンと背中を押された。抵抗する間もなく私の体は宙に舞った。

「きゃぁああああ！」

ありったけの声を出したけど、誰も助けてくれない。

すると、私の体は重力に逆らい何度か上へ下へと跳ね上がった後、太いゴムバンドに吊るされたままの状態になった。

その瞬間、「じゃんけんで負けた方がバンジーな」といった彼氏を本気で呪った。あとで思いっきり蹴り飛ばしてやるんだから。


（555字）

『結婚式のスピーチ』

石賀次樹

私は怖くてたまらなかった。今から結婚式のスピーチをしなければいけないからだ。いったいどうしたことだろう。

恐怖が徐々に私の体を支配してゆく。不安で仕方ないのだ。

体はガチガチに固くなっていく。掌と腋の下は汗でびっしょり、しかし喉はカラカラだ。おまけにビールの注がれたグラスを取ろうとしたが、手がガタガタ震えてうまくつかめない。

私は思わず拳を握った。覚えたはずのスピーチの内容がさっぱり思い出せない。

通常だったらアドリブで何とでもしのげる。しかし結婚式の場合、使ってはいけないタブーの言葉がたくさんある。

あー、何を言っても不吉な言葉が出てきそうで不安だ。

すると、司会者が「大丈夫でしょうか?」と声をかけてきた。

私よりも随分と若いのに堂々としている。

私は悲しくなった。なんだか自分が情けなく思えてきたからだ。

そのとき、司会者がこう言った。

「あのー、ご覧の通りの状態ですが、スピーチなさいますか？」

冷静になって周りを見ると、会場はもう完全に大宴会モードに入っていた。

新郎はすでに酔いつぶれてテーブルに突っ伏している。新婦はというと、そのテーブルの後ろでバケツにゲーゲーと吐いていた。

私は司会者に「やめときます」と言い、コップのビールを一気に飲み干した。


（522字）

第5章

「書ける・読ませる・面白い」
小説の簡単テクニック

【謎《なぞ》】

第1節　憶測を入れることでじらす＜謎／憶測のテクニック＞

謎のテクニックは小説を最後まで読ませるには絶対に必要です。読者の好奇心をくすぐり、謎の答えを知るために次を読みたくさせます。そして、すぐに答えを出さずに、じらすわけです。

テレビ番組で「答えは90秒後」と言って、CMに変わるのと同じです。視聴者は答えが知りたいから、チャンネルを変えないで、CMを見てしまいます。人間には好奇心があるのです。好奇心のない人はいません。

この好奇心をくすぐることを、文章を書く人は常に考えておいてください。

好奇心をくすぐるポイントは、ちょっと変わった状況を設定することです。いわゆる違和感を出します。

普通とは違う人物を登場させれば、読者は「何で、この人は人と違うことをするんだろう」という疑問が生まれます。

建物や町でも一緒です。奇妙な形のビルがあれば「何で、こんな形のビルを建てたんだろう」という疑問が生まれます。町の人たちがみんな変な服装を着ていれば「この町の人はどうして変な服を着ているのだろう」という疑問が生まれます。その疑問が次の文章を読ませるのです。

このとき、変わった状況を設定しただけではいけません。そこで、ちゃんと読者にどんな疑問を持ってもらいたいのかを、疑問文で書いておく必要があります。そうしないと、スルーしてしまう危険がありますから。

もちろん、文豪たちは疑問文など入れません。疑問文を入れなくても、読者の好奇心をくすぐり、しぜんと疑問が生まれるように書いていきます。しかし、それは文豪の域に達した人だからできるわけで、最初のうちは、ちゃんと疑問文を書くようにしましょう。

疑問文を書けば、読者はそのことに疑問を持ちます。そして、答えを知りたくなります。しかし、あなたはそこで、すぐに答えを出してはいけません。じらすのです。

どうやってじらせばいいのでしょうか？

今回のテンプレートは憶測を入れることでじらすパターンです。憶測を3つ入れていきます。憶測ですから、全部答えとはかけ離れています。誰もが考えるありきたりな憶測でもかまいません。憶測で読者の共感を得ておけばいいのです。

答えが知りたい読者は、じらされることで、好奇心がますますふくれあがります。そして、最後に、憶測とはまったく違う答えがあらわれることで、読者は「面白い！」と膝を打ってくれるのです。

「私たちは確かめることにした」のあとの「○○○○」の部分に、その答えを入れます。ポイントは憶測とはまったく次元の違う答えを入れることです。ちょっとした驚きがある答えが望ましいでしょう。

【謎／憶測のテンプレート】

ちょっと変な人がいた。

○○○○○○○○○○○○。（違和感のある様子）

それを見て私は疑問に思った。

○○○○○○○○○○○○。（疑問文）

たぶん○○○○○○○○○○○○だろうと思った。

（憶測1）

Aは○○○○○○○○○○○○だろうと言った。

（憶測2）

Bは○○○○○○○○○○○○だろうと言った。

（憶測3）

私たちは確かめることにした。

○○○○○○○○○○○○。

【改善前事例】

『お守り』


ちょっと変な人がいました。

透明のビニール袋に、焼き鳥の串が沢山入っている袋を背中に背負っている、白髪の女性です。

それを見て私は疑問に思いました。

なぜ彼女は、焼き鳥の串を沢山持って歩いているのでしょう?

焼き鳥屋さんなのでしょうか?

焼き鳥の串を集める業者さんなのでしょうか?

焼き鳥の串がご神体の宗教家なのでしょうか?

私たちは確かめることにしました。

「どうして焼き鳥の串をそんなに大量に持ち歩いていらっしゃるのですか?」

するとその女性は答えた。

「これは、私のお守りなのです」


(234字)

【解説】

この作品は、上手に謎のテクニックを活用しています。前半部分は、好奇心をそそがれますし、文章も読みやすくてグイグイ引っ張られます。ところが、最後の1行で「え?」となるのです。

「これは、私のお守りなのです」というセリフです。

なぜ、このセリフが「え?」となるのでしょうか?

たぶん、それはお守りの理由が書いてないからでしょう。

「いやいや、理由なんかいらない。もっと奇想天外な発想が必要なんだ」という人もいるでしょう。それとも「もっと女性らしい答えのほうがよかったんじゃないか」という意見もあるかもしれません。

ごめんなさい。どの憶測も違います。

答えは、憶測の部分に「焼き鳥の串がご神体の宗教家なのでしょうか?」とあることが原因です。宗教を思わせるようなことを憶測に入れてあるのに、答えの部分に「お守り」と入れてしまったら、落差がまったくありません。

いうなれば、憶測部分は、読者の目を答えとは遠く離れた場所へ向けさせるためのオトリの役目をするわけです。

【改善後事例】

『お守り』

ちょっと変な人がいました。

透明のビニール袋に、焼き鳥の串が沢山入っている袋を背中に背負っている、白髪の女性です。

それを見て私は疑問に思いました。

なぜ彼女は、焼き鳥の串を沢山持って歩いているのでしょう?

焼き鳥屋さんなのでしょうか?

焼き鳥の串を集める業者さんなのでしょうか?

焼き鳥の串がご神体の宗教家なのでしょうか?

私たちは確かめることにしました。

「どうして焼き鳥の串をそんなに大量に持ち歩いていらっしゃるのですか?」

するとその女性は答えた。

「こうやって背中のツボを押すと気持ちいいのよね」


(243字)

【練習テンプレート】

ちょっと変な人がいた。
（違和感のある様子）

それを見て私は疑問に思った。
（疑問文）

たぶん
（憶測1）
だろうと思った。

【練習テンプレート】

Aは
（憶測2）

だろうと言った。
Bは
（憶測3）

だろうと言った。
私たちは確かめることにした。

『腸』

だいのすけ

ちょっと変な人がいた。

私は電車に乗っていた。始発の駅からなので座っていた。

途中の駅から乗ってきた男性が私の前のつり革をつかみ立った。無表情だった。

男性のＴシャツ下腹部横あたりに穴が開いていてそこから何かが飛び出していた。

何やらピンク色した長い幼虫のような物だった。どう見ても腸が飛び出しているように思える。

それを見て私は疑問に思った。なんでこの人は腸が出ているのに平然としていられるのだろうか？

たぶん彼は痛みを感じない人間なのだろうと思った。いや、もしかして人間ではない生物だろうと思った。それとも私自身が変な夢でも見ているのではないだろうかと思った。

私は確かめることにした。

「あのー、腸が飛び出してますけど大丈夫ですか？」

男性は自分の腸を見てニヤリとして、

「あっ、これですか？　私ねゾンビ専門の俳優やってまして、例の映画が流行ってから引っ張りだこなんです。特殊メイクする時間も惜しいので、この部分は家で自分でやったんです」と、言った。

（４１８字）

『場所が違えば』

夏来みか

ちょっと変な人がいたのです。

黒のパリッとしたジャケットに細身の黒いズボンに紫色系のネクタイをしているのです。

それを見て私たちは疑問に思いました。

なぜ彼はスーツを着ているのでしょう。

黒のスーツを着れば自動的にかっこよくなると思っているのでしょうか？

目立ちたいから黒スーツを着ているのでは？

何かの罰で黒スーツを着ているのでは？

私たちは確かめることにしました。

「なぜ、あなたは服を着ているのでしょう？」

すると黒スーツを着た男は、少し怒り気味に答えてくれました。

「裸じゃはずかしいからに決まっているじゃないですか？」

ここは銭湯なんですが…ねぇ。


（268字）

『精進（しょうじん）』

山口倫可

女友達と、久しぶりに都内の屋外プールに行った。

すると、1コースをまるまる使って猛特訓をしている変な集団がいた。色白の男性集団で、みなスキンヘッドだった。コーチとおもわれる男に怒鳴られながら、みな必死に泳ぎ続けていた。

それを見て私たちは疑問に思った。

六本木の近くだから、夜のお仕事の男たちなのだろうか？　と私は思った。

ひとみは「罰ゲームか何かなんじゃない？」と言った。

みどりは「業界人か何かなんじゃない？」と言った。

私たちは思い切ってコーチとおもわれる男に聞いてみた。

すると彼は意気揚々とこう言ったのだった。

「私たちは、住職ジュニア世代なんです。今どきの檀家さんたちは、みなルックスの良い住職が好みなので、我々は韓流スターのような体型を作ろうと精進しているのです」


（331字）

『ジュンク堂池袋店の謎』

石賀次樹

ジュンク堂池袋店にここ2週間、毎日やってくる70代くらいの女性がいた。

彼女はなぜか毎日、必ず同じ本を1冊買っていく。

店員Aは、「きっと著者の熱狂的なファンなんだろう」と言った。

店員Bは、「出版社に頼まれたサクラじゃないか」と言った。

店員Cは、「もしかするとあの人、認知症なのかもしれないよ」と言った。

そんな店員の会話をふと耳にした店長がレジで待機し、とてもジェントルな物腰で彼女に尋ねた。

「お客様、いつもご利用ありがとうございます。もし差支えなければ、なぜ毎日こちらの本を1冊ずつご購入いただいているのかお伺いしてもよろしいでしょうか？　すみません、店員たちが不思議がっているものですから」

彼女はとても上品な笑顔で答えた。

「あら、ビックリさせてごめんなさい。この小説、うちの息子が初めて出版した本なの。ずっと作家になるのが夢で、50過ぎてやっと念願が叶ったのよ。それで私も嬉しくって、毎日1冊ずつ買って知り合いに送っているの。親バカね」


（418字）

『異邦人』

あいけん

神社の桜並木を歩いていると、変な男がいた。

白い鉢巻を巻き、その上にレンズの大きなゴーグルをつけている。全身深緑のつなぎを着ており、まるで旧日本軍の戦闘機乗りのような出で立ちであった。

その男はきょろきょろとあたりを見回している。


それを見て私は疑問に思った。

「どうしてそんな格好をしているのだろう？」

終戦記念日が近かったので「どこかで記念式典でも行われるのだろうか？」と私は思った。

「きっとコスプレなんじゃないかしら？」

「何か政治団体のイベントでもやるんじゃないか？」

道行く人たちもその人のことを口々に噂し合っていた。

考えれば考えるほど、その人のことが気になって仕方ない。

私は思い切ってその人の肩を叩いた。

「すいません。あなたはなぜこんな格好をしているのですか？」

そう聞くと男は「ここはどこだ？　もしかしてここは未来の日本なのか？」と目を丸くする。その男の驚きようは普通ではなかった。

私は思わず、「ここは２０２０年の日本です。太平洋戦争が終わってからもう80年になります。今ではすっかり平和になりましたよ」と返す。

ひょっとしたらこの人、と思ってしまったのだ。

すると男はなんだか急にホッとしたような顔をしてゆっくりと空を仰ぎ見た。

「そうか、未来の日本は平和なのか。よかった」

そう言うと男は空に吸い込まれるかのように、スっと消えていった。


（５６５字）

『カフェでの出来事』

夏来みか

ある晴れた日曜日の午前9時。のんびりとした空気が漂うカフェで朝食をとっていました。

隣に座った男性は、コーヒーを飲もうとしました。ところがその男性はコーヒーをバチャバチャと口からこぼし、トレーにはコーヒーの海ができてしまいました。それでも、その男性は、コーヒーを飲もうとします。

次に、カップをコーヒーの海となったトレーの上に置きました。そしてまたコーヒーを飲み、そして同じようにカップをトレーに置きます。何度も何度も同じ動作をずっと繰り返しているのです。


隣の人は、いったい何をしているのでしょうか？

お酒に酔っているのでしょうか？

精神的な病気なのでしょうか？

何かの儀式なのでしょうか？

隣で同じ動作を繰り返しているのは、とても気にかかります。

勇気をだして聞いてみました。

「大丈夫ですか？」

すると、今度はその男性の動作がぴたりと止まってしまいました。

そして、カフェの自動ドアが空き、あたふたと入ってきた男性が隣の席へやってきました。

双子でしょうか？　入ってきた男性と隣の男性は、瓜二つです。

ドアから入ってきた男性が言いました。

「お騒がせしてごめんなさいね。これ、僕が作ったアンドロイドなんです。ちょっと、故障しちゃったみたいです」


（511字）

第2節　謎のヒントを小出しにする＜謎／ヒントのテクニック＞

小説の世界へ読者を惹き付けるテクニックの一つが「謎」を持たせることでした。

第1節では変わった状況を設定して、その謎に対する憶測を提示していくことにより、読者の好奇心をくすぐりました。第2節は謎そのものをより謎めいたものに仕立て上げることで好奇心をピークに持っていくやり方です。

なにかよくわからないものがそこにあると、読者はそれがなんなのか知りたくなります。推理小説の冒頭で殺人事件が起こる、しかし被害者はいったいどうやって殺されたのか、犯人は誰なのか全く分からない。いったい誰が犯人なのか、どうやって殺したのか、それを知りたくて読者は推理小説のページをついめくってしまうのです。

このテクニックは、どう隠すか、ではなく、どう明らかにしていくか、を考えるのがコツです。いわゆるヒントを小出しにしていきます。

推理小説の世界では犯人自身は全てを知っています。しかし犯人を主人公にしたら面白くありません。作者が犯人から探偵へ視点を変え、探偵が犯人へ徐々に近づいていくように書くからこそ、推理小説は面白くなるのです。

では、どうしたら「謎」を上手く作れるでしょうか。まず「隠すもの」を考えてください。推理小説であれば「犯人やトリック」ですが、恋愛小説であれば「ヒロインの気持ち」などの感情が「隠すもの」になります。アドベンチャーなら「太古の遺跡」なんてことも考えられます。この「隠すもの」は特別なものである必要はありません。「ただの人」「ただの家」だっていいのです。

次に、どう隠すか考えてみましょう。「隠す側」の気持ちになって考えるのがコツです。殺人犯ならば、自分が捕まらないために「凶器」「目撃者」を隠そうとしますね。主人公に気持ちを知られたくないヒロインなら「言葉や態度で」気持ちを隠そうとするかもしれません。古代人は自分たちの秘密を守るために、森の奥深くに建物を建てたり、暗号やガーディアンを配置して中に入れないようにするかもしれません。もしかしたら、自発的に隠すのではなく、「自然に隠れてしまっている」のかもしれません。

隠し方が決まりましたか？　では最後に見る視点を変えてみましょう。これまでの視点は、推理小説であれば、犯人側の視点です。これを探偵側から見てみるのです。こうすることで「隠れたもの」が探偵、ひいては読者から見た「謎」になります。探偵は「犯人によって隠されたもの」を探します。これがドラマになるのです。「凶器を捜し」たり、「目撃者を捜し」たり、恋愛小説であれば主人公はヒロインの気持ちを知ろうと、ヒロインのことを誰かに聞いたり、気持ちを教えて欲しいと告白したりするでしょう。冒険小説であれば、森の奥深くに分け入ったり、暗号を解いたりするでしょう。

一番のポイントは「徐々に明らかにする」ことです。一気に解決してはなりません。少しずつ、少しずつベールをはいでいく。こうして「謎が解かれていく様子」が、読者を惹き付けるのです。

【謎／ヒントのテンプレート】

○○○○○○○○○○○○○○○（疑問の解説）

いったいこの○○○は、何でしょうか？（疑問文）

一つわかっていることがあります。

○○○○○○○○○○○○○○○（ヒント1）

二つ目に気づいたことがあります。

○○○○○○○○○○○○○○○（ヒント2）

三つ目にわかったことがあります。

○○○○○○○○○○○○○○○（ヒント3）

さて、この○○○は何でしょうか？

○○○○○○○○○○○○○○○（答え）

【改善前事例】

『森のなかで』

鬱蒼とした森を抜けると、開けたところにぽつんと山小屋がたっていました。道に迷っていたので助けを求めたいのですが、山小屋の周辺は雑草が生い茂っています。誰か住んでいる人はいるのでしょうか。

一つわかっていることがあります。玄関らしきところに看板があり、何か書いてあるようです。

二つめに気がついたことがあります。この山小屋の周囲をぐるりとロープが張ってあり、所々切れています。

三つめにわかったことがあります。そのロープ周辺に朽ちた立て看板が折れていて「立ち入り禁止」と書いてあることです。

この山小屋は何なのでしょうか？

玄関前の看板に「クマ襲撃事件あり」とあり、壊れた玄関の薄暗い奥から低い唸り声がきこえてました。

（303字）

【解説】

これはよくできた作品です。この作品で「隠すもの」は「熊」です。「熊」を「山小屋に入れる」ことで「隠して」います。

ここに訪れた人は、中に熊がいるとはわかりません。山小屋に近づいていくことで中に熊がいることがわかります。

確かにこれだけでも「謎のテクニック」としては成立しているのですが、ここではもう一歩踏み込んでみましょう。

宮沢賢治の「注文の多い料理店」を思い出してみてください。謎の注文にどんどん主人公たちの不安が湧いてきますね。「隠れているもの」と距離が近くなれば、見えるもの、そして見る側の気持ちも変わっていきます。

熊との距離が近づくことで、匂いや音がするでしょう。そして、匂いを嗅いだり音を聞いたりすれば、人の気持ちも変わっていきます。一言二言で構いません。謎に近づいていく感情や様子を描写することで「現場感」が出るのです。

「山小屋に誰か住んでいるのか?」という疑問です。そこにどうやら誰も住んでいないらしいというヒントが3つ出てきます。結論は、やっぱり誰も住んでいなかったけれども、そこには熊がいたというものです。これだけでも十分おもしろいです。しかし、ヒントの部分へ熊がいるらしいという緊張感を入れるとさらにおもしろくなるでしょう。

【改善後事例】

『森のなかで』

鬱蒼とした森を抜けると、ぽつんと小さな山小屋がたっていました。私はほっと胸を撫で下ろしました。道に迷ってしまったのです。辺りには熊が出ると聞いていたので、不安で堪りません。

近づいてみると山小屋の周辺は雑草が生い茂っています。呼びかけてみても返事はありません。誰か住んでいる人はいるのでしょうか。

一つわかっていることがあります。玄関らしきところに看板があり、何か書いてあるようですが、ここからでは上手く読めません。もう少し近づいてみることにしました。

二つめに気がついたことがあります。この山小屋の周囲をぐるりとロープが張ってあり、所々切れています。ロープの内側に入ると、グルル、っと鈍いうなり声のようなものが聞こえた気がして、思わず周りを見回します。辺りはすっかり暗くなって、よく見えません。

三つめにわかったことがあります。そのロープ周辺に朽ちた立て看板が折れていて「立ち入り禁止」と書いてあることです。

この山小屋は何なのでしょうか？　ふっと風が吹きました。動物園にいるような匂いがします。

私は高鳴る胸を押さえ、玄関に近づきます。玄関前の看板に「クマ襲撃事件あり」とあり、壊れた玄関の薄暗い奥から赤い二つの不気味な光が見えました。

（514字）

【練習テンプレート】

（疑問の解説）

（疑問文）いったいこの〇〇〇は、何でしょうか？

（ヒント1）
一つわかっていることがあります。

（ヒント2）
二つ目に気づいたことがあります。

【練習テンプレート】

三つ目にわかったことがあります。
（ヒント3）

さて、この○○○は何でしょうか？
（答え）

『田舎町のオシャレな建物』

中谷美月

田舎町にオシャレな建物ができたので行ってみると、看板はあるのですが、日が暮れてしまい辺りが暗くて文字が見えなくなっていました。

いったいこの建物はなんでしょうか？

一つわかっていることがあります。看板の最後の言葉が見えました。「オ」です。

二つ目に気づいたことがあります。建物の中から人の声がします。笑い声も聞こえてきますが、子どもの泣き声も聞こえてきます。

三つ目にわかったことがあります。時々、ピカっと光ります。

さて、この建物は何でしょうか？　窓から中をこっそりのぞいて見ると、おめかししている人ばかりいるのです。着物姿の人、スーツ姿の人、ドレス姿の人もいます。

「なんだろうなぁ～」と思って見ていたら、突然パッと照明が光りました。

すると、光に照らされて看板の文字が見えました。

「田舎町のフォトスタジオ」と読めました。

どうやら、田舎町にあるオシャレな写真館だったようですね。

（384字）

『お宝?』

翔一

祖父の家には昔ながらの蔵があります。その片づけを手伝っていると、掛け軸を1本見つけました。

いったいこの掛け軸は何なのでしょう?

1つわかっていることがあります。祖父は骨董品を集めるのが趣味で、蔵の中には趣味で買ったと思われる焼き物などがたくさんあります。

2つ目に気付いたことがあります。掛け軸には四角い印鑑が押されています。しかし、印鑑の字体が崩れているため、何が書いてあるのかわかりません。

3つ目にわかったことがあります。蔵の中には他の掛け軸もいくつかあり、それらは箱にしまわれています。しかし、この掛け軸だけは箱に入れられてない状態で置いてありました。

さて、この掛け軸は何なのでしょうか?

思い切って祖父に聞いてみると、照れくさそうに答えました。

「ああ、それはわしが若いころに賞をもらった作品だよ。捨てるのも惜しいからとっておいたんだ」

(368字)

『オリオン輝く晩に』

夏来みか

オリオン座の三つ星が、煌煌《こうこう》と輝く夜でした。皆が寝静まっているのに、コンコンと窓を叩く音がします。

いったい何の音でしょうか?

一つわかっていることがあります。窓を叩いているので、泥棒さんではなさそうです。

二つ目に気づいたことがあります。カーテンの隙間からそっとのぞいてみると、大きな黒い長靴が見えます。二本足で立つ、人間のようです。

三つ目にわかったことがあります。どうやら赤いズボンを履いているようです。

さて、窓を叩くその人はいったいだれなのでしょうか?

思い切ってカーテンを開け、その男性を見ました。

あごには、長く立派な白いひげ。赤いジャケットに赤のズボン。そして赤い帽子。

なーんだ。窓を叩くその人は、サンタクロースだったのですね。今日は、クリスマス・イブの夜でした。

(332字)

『最後の贈り物』

おかだなつこ

引っ越しの準備をしていた時、玲子は机の引き出しに見たことのない小箱が残っているのを見つけました。どうしてこんなところに置いてあるのだろう？　玲子は不思議に思いました。

いったいこの箱は何なのでしょうか？

1つわかっていることがあります。その箱は、丁寧にラッピングされ、上品なピンクのリボンがかけられています。どうやら贈り物のようだということです。

2つ目に気づいたことがあります。箱の下には、修の文字で「玲子へ」と書かれているカードがありました。どうやら玲子宛ての贈り物のようです。

3つ目にわかったことがあります。明日は玲子の誕生日だということです。

いったいこの箱は何なのでしょうか？

玲子はそっとその箱を開きます。そして、あふれる涙をこらえることができず、そのまま泣き崩れてしまいました。

箱の中身は、先週、暴走したバイクから玲子をかばって死んだ修から玲子に贈られる予定だった婚約指輪だったのです。指輪の内側には「To Reiko From Osamu With Love」と彫刻されていました。

（444字）

『秘伝のレシピ』

秋カスミ

亡くなった母の遺品を整理していたら、よれよれの紙に鉛筆で書かれた何やらレシピのようなものが出てきました。材料と作り方、ところどころ文字が見えるが、少し破れているようです。

いったいこれは何のレシピでしょうか。

一つわかっていることがあります。材料のところに、卵と書いてあるということです。

二つ目に気づいたことがあります。塩も醤油も使わないということです。

三つ目にわかったことがあります。最後は冷蔵庫で冷やすということです。

さて、これはいったい何のレシピなのでしょうか?

破れた部分をつなぎあわせると、ミヨちゃんの好物と書いてあるのが分かりました。

なんとそれは、私の大好物であるプリンのレシピだったのです。

さらに、この紙からはほんのり甘い匂いと共にお母さんの温もりを感じます。私の目からは思わず涙があふれてきました。

今度は私が娘に作ってあげる番だね、お母さん。


(376字)

『父の指』

鵜養真彩巳

亡くなった父の遺品を整理していた時のことである。金庫の一番下に不思議な箱があった。

いったいこの箱はなんであろうか？

ひとつわかったことがある。ずっしりした書類が入りそうな箱であるということだ。よく見ると和紙がきれいに貼られていた。

（写真はちゃんとアルバムに張りつける人だったし、何が入っているのかな？）

2つ目に気付いたことがある。金庫の中は、証券やら契約書、銀行の書類が几帳面にしまわれているということだ。箱には何も記されておらず、紐でしっかりと縛られている。

（まさか、浮気相手の手紙とか？）

そして不意にあることを思い出した。

「そうだ！　これって、私たちが父さんに作ってあげた箱だ！」

父の日のお祝いに、姉妹で千代紙をちぎり、お菓子の箱に貼り付けて贈ったのだ。整理整頓の好きな父のために。

私は紐をはさみで切り、箱を開けた。するとそこには、私達姉妹の小学1年生から高校3年生までの通信簿が入っていた。

翌日私は妹に電話をし、ふたりで大笑いしたのだった。

「嫌だわ、父さん！　なんで私たちの通信簿を金庫なんかにしまうのよ」

「開けたのが私でよかったねえ。こんなの他人に見られたくないわ」

父がなぜ私達の通信簿を金庫なんかにしまったのかは、さっぱり解らなかった。

でもこの箱は生真面目な父さんらしい、最後のエピソードとなった。


（553字）

『父の資格』

敷布団

「なにしに来たの!」

「出て行って!」

披露宴の場にそぐわない大声をあげたのは、花嫁とその母親だった。

その場にいる全員が息をのみ、その様子を見守った。

2人が怒りをぶつけているのは、中年の男だった。

「娘の結婚式に父親が出て、なにが悪い」

「なにが父親よ!」

「もうあなたとは他人なのよ!」

どうやら男は花嫁の父で、離婚しているらしい。


それにしてもなんだろう、この嫌いようは。

なにがあればこんなにも自分の父親、元夫を嫌えるのだろうか。

あちらこちらで、ささやき合う声が聞える。

「新聞で見たわ。あの人がそうなのね」

新聞沙汰を起こしたの？

父親が弁解を口にした。

「もう10年も昔の話じゃないか」

それじゃあ花嫁が中学生のころ？

わたしは隣の母に訊いてみた。

「ねえ、花嫁さんのお父さんでしょ？　なんであんなに嫌われてるの？」

すると、母は小声でこう言った。

「しっ！　あなたも事情を知ればわかるわよ」

わたしにもわかるものなの？　確かに中学生のころは、わたしも父を毛嫌いしてたものだけど……。

結局、花嫁の父は問答無用で追い出されてしまった。

その事情というものを、わたしは後で知った。

10年前、花嫁が14のときに父親が逮捕された。それが14歳の女の子を相手にした児童売春でだそうだ。

（523字）

第6章

「書ける・読ませる・面白い」小説の簡単テクニック

【時限爆弾《じげんばくだん》】

危機が近づいてくる様子を描写する＜時限爆弾のテクニック＞

犯人が仕掛けた時限爆弾を解体する主人公。爆弾を解体しなければ主人公もろとも辺りは木っ端微塵になる。時計の表示は1分を切った。焦る。でも解体しなければ！　40秒、30秒、どうなる……、どうなる!?

最終的には解体できるとわかっていたとしても、どんどん危機が差し迫ってくる様相にすっかり引き込まれてしまう。そんな経験ありませんか？　面白い映画やドラマ、小説にはこの「時限爆弾のテクニック」がふんだんに盛り込んであります。少しずつ、しかし確実に危機が近づいてくる様子を描くことで、読者に緊張感をもたらし、読者をドラマの世界に引きずり込むのです。

このテクニックに必要なことは「時計」と「爆弾」を設定することです。「時計」は刻々と時を刻むもの。そして、その時計の表示が「0」になったとき、「爆弾」が爆発する。

一番ストレートな形は「時限爆弾」をそのまま使うことですが、「時計」も「爆弾」もちょっとひねって別のものに置き換えることもできます。ここでいう「爆弾」は「危機そのもの」です。たとえば主人公を追う殺し屋。殺し屋が主人公に出会えば、主人公を殺すための行動を起こします。他にも、「喧嘩別れしてしまい、お互いに憎しみあっている元恋人同士が鉢あわせる」といった状態も「危機」ですし、「先祖代々大切にしている家宝の花瓶が割れる」というのも「危機」です。

「これが起こったらマズい！」という「危機」を考えてみてください。「爆弾」が大きければ大きいほど、緊張感は高まります。

次に考えるのは「時計」です。これは「刻々と近づいてくる状況」です。たとえば、先ほどの「主人公と殺し屋」であれば、「街中で殺し屋に追われ、だんだんと殺し屋と主人公の距離が縮まっていく様子」。「憎しみ合っている元恋人同士」であれば「男が食事をしているレストランに、女が向っていく様子」。「遊び盛りのやんちゃ坊主が家宝の花瓶のある部屋でどたばたと駆け回っている」なんてのも、ハラハラします。

この「時計」はなるべく細かく描写してください。憎しみ合っている男女がいた、出会った、喧嘩になった、ではいまいち盛り上がりに欠けます。

男がレストランに入ってくる、女が最寄りの駅ホームに降り立つ、男はウェイトレスに注文をして、香気に食事をしている、女がレストランにまっすぐ歩いてくる、男は酒を呑みながらウェイトレスを口説いている、女がレストランの前の信号で止まる、男はしつこくウェイトレスの連絡先を聞こうとしている、女がレストランの前までできた、振られてがっくりしている男、女がレストランの扉に手を掛けた、女が店内に入って、男と目が合う……。

どうですか。もし「危機」がありふれたものだとしても、危機が近づいてくる様子を細かく描写すればするほど、どんどん緊張感が高まり、それだけで読者を小説の世界に引き込む力になるのです。

【時限爆弾のテンプレート】

このままでは○○○後には○○○してしまうだろう。

○○○○○○○○○○○○○○○○（その場の様子）

○○○○が経過した。

○○○○○○○○○○○○○○○○（その場の様子）

○○○○が経過した。

○○○○○○○○○○○○○○○○（その場の様子）

○○○○○○○（経過を刻む）

そのとき、○○○○○○○○○○○○○○○○

（爆発の様子）

【改善前事例】

『瞬間湯沸かし器』

もうすぐ開店の時間だ。

社長の綾小路は、スタッフ控え室の奥で目が覚めた。

前日テレビ局との打ち合わせで遅くなり、ここで一夜を明かしたのだった。

開店30分前、スタッフが一人、二人と出勤してきた。ロッカーを開け、着替え始める。

誰も、奥の部屋にいる綾小路に気づかない。綾小路は、いたずら心を出してしばらく黙っていることに決めた。

開店15分前、着替え終わったスタッフ達の話し声が聞こえてくる。綾小路はそのときのことを思い出してニンマリと笑った。

開店5分前、チャイムが鳴る。

「ところでさぁ、社長のあのカツラ、なんとかならないのかなぁ」

「ああ、あれねぇ。カツラってバレバレだよねぇ。それにさ、最近ちょっと若作りし過ぎ！　なんか、見ててちょっとイタイよねぇ」

綾小路は、それを聞いてわなわなと震え始めた。

【改善前事例】

開店1分前、一人、二人と控え室から出て行く。

残った二人が小さな声で話し出した。

「わたしさあ、最近テレビで社長見ると思わず言っちゃうんだよねぇ〜」

「なにを?」

「フフ…。人差し指立てて『どんだけぇ〜〜!』ってさ」

そのとき、綾小路の中で何かが爆発した。

「バタン!!」

ドアを蹴り開けた綾小路を見て、スタッフ達は凍り付いた。

(500字)

【解説】

この小説の「危機」は、「社長に悪口を聞かれているスタッフと社長が実際に出会う」こと。「時計」は「悪口を聞かされている社長の怒りゲージが溜まっていく」といったところでしょうか。

スタッフの悪口でだんだんと社長の怒りゲージが溜まっていき、最後に爆発する。

一見、テクニックに当てはまっているように見えますが、どうも読者の緊張感ゲージが溜まっていきません。それは何故でしょうか。

時限爆弾のテクニックには一番目に「危機」を設定すること。そして二番目が「危機が迫る状況を描写する」ことです。しかし、この作品では「危機」が一体なんなのかが明確になっていません。

さらに、社長の目線になっているのも考えものです。社長は始めからロッカーの中でスタッフから悪口を聞かされていて、「危機が近づいている状況」の描写には少し弱い形になってしまっているからです。だんだん危機に近づいているのは「スタッフたち」です。「危機とは一体どういうものか」、そして「どのようにその危機が迫ってくるか」。

時限爆弾のテクニックで大切なのは「構成」です。まず冒頭で危機を明らかにします。そしてスタッフたちに目線を置き、何も知らない彼らを少しずつ危機に近づけてみましょう。

そもそもこのテクニックは時間制限のあるものが適しています。この作品のようにカツラを気にしている社長が爆発するという設定には無理があります。刻々と時間が迫るという本来の面白さが出せないからです。しかし、この作品も面白く料理できる方法があるはずです。挑戦してみましょう。

【改善後事例】

『激しい怒り』


綾小路社長はハゲであることをものすごく気にしている。「ハゲ」の二文字が出ただけでも大爆発だ。

でもスタッフのみんなは社長がハゲでカツラを被っていることを知っている。

その日の朝は運が悪いことに、女子更衣室の奥にある控え室に社長がいることを誰も気付かなかった。

そこに社長のカツラのネタでいつも爆笑をとる田中が出社してくる。

岡本と篠山が昨日観たテレビの話を始めた。

「うちの社長と石原さとみの対談、昨日テレビで見た？」

「見た見た。社長、髪型がちょっと変だったわよね」

「でも女優と会えるなんて羨ましいなあ」

そこへ田中が割って入る。

「グッモーニン！　みんな昨日の社長と石原さとみとの対談見た？　あの社長の髪型傑作だよねー。

チョーありえないっすよねえ。メッシュ入れてるカツ……」

朝の雑談タイムがはじまって5分経過。綾小路社長は、更衣室の声に気づいて、聞き耳を立てている。

「あきらかに違和感ありまくりでしょ」

【改善後事例】

田中が笑いながら言う。

「違和感って、何が？」

「もちろん、社長の…」

田中は胸の前で手の指を握ったり開いたりして「カ・ツ・ラ」と言った。その仕草に三人は大爆笑。

8分が経過した。綾小路社長の耳にははっきりと「カツラ」と聞こえた。しかも、自分が笑われていることもわかった。

「田中って、社長のカツラのことになるとやけにおもしろそうに話すよね」

「そういう岡本さんも楽しんでるじゃない」

「いやいや、一番、喜んでいるのは篠原さんでしょ」

そして、3人そろって胸の前に指を出して、開いたり閉じたりしながら「カ・ツ・ラ」とやって、また爆笑した。

15分が経過した。綾小路社長の耳には名前もしっかりと聞こえた。もう限界だった。

3人は社長のカツラで盛り上がって更衣室を出て行った。

朝礼が終わったあと、社長が3人を呼び出した。

「おはよう、田中くん、岡本くん、篠原くん。ちょっと来てもらおうか」


（777字）

【練習テンプレート】

このままでは
後には

してしまうだろう。

（その場の様子）

が経過した。

（その場の様子）

が経過した。

【練習テンプレート】

（その場の様子）

（経過を刻む）

そのとき、

（爆発の様子）

『シャンパングラス』

中谷美月

仕込み終了。

30分後に里佳子はシャンパンを飲み、死んでしまうだろう。

なぜならグラスには毒薬がたっぷりと塗ってあるからだ。

そもそも、里佳子が悪いのだ。

「亜美と大紀の間を取り持ってあげる」と、安心させておきながら、里佳子は大紀に猛アピールし、結婚まで決めてしまった。

今日は、二人の結婚パーティーが行われる。

私はそこで手を下すことにした。

里佳子が使うグラスにはバラの模様が、大紀が使うグラスには、葉の模様が描かれている。他の人が間違えて飲まないように配慮したのだ。

10分が経過した。すべてのテーブルセッティングを終えた。

25分が経過した。参加者が全員揃い、シャンパンが注がれていく。

カンパーイ、という声と共にグラス同士がぶつかり軽快な音を立てる。そして皆一斉にそれを口元に持っていく。

あともう少し。私はゴクリと生唾を飲んだ。

ところが、里佳子はグラスに口をつけず、テーブルに置いた。

どうして飲まないのかしら、まさか気づかれた？

「大紀、私の代わりに飲んで」

大紀は飲み干したグラスを置き、里佳子のグラスを手に取った。

どうしよう。大紀が飲んじゃう！

そのとき、大紀が血を吐いて倒れた。

「大紀、しっかりして！」

里佳子は慌てて駆け寄ったが、もうすでに息絶えていた。

「どうしてこんなことに…、私のお腹にはあなたの子がいるのよ…」

里佳子は大紀が吐いた血で手を真っ赤に染めながら、涙を流した。


（583字）

『悪夢』

鵜養真彩巳

このままではあと30分でこの船は海に沈んでしまうだろう。

船内にはその場に留まるように、というアナウンスが繰り返し響いている。

船が傾き始めて10分が経過した。

安全のためとはいえ、このまま留まっていてはまずいだろう。しかし、周りの観光客は平気な顔をしている。船員の姿はまったく見えない。

さらに10分が経過した。船の傾き方がまた少し大きくなる。

アナウンスは未だに、安全のためその場に留まるようにと伝えている。

でも俺の頭の警報は鳴りっぱなしだ。

「行こう!」

俺は一人手すりにつかまりながら、非常口を探した。他の客は相変わらず、お喋りを続けている。

さらに5分が経過した。船は傾き続け、俺は1人非常口を求めて廊下を彷徨っていた。

なぜか非常口が見つからない。さらには一人の船員すらも見あたらない。

「チクショウ! 船員はどこだ! 外はどっちだ!」

船内アナウンスももう聞こえなかった。もしかして、その場に留まっていたら、船員たちの誘導があったのだろうか。

5分、4分、3分、船の傾きはさらに急になり、もはや歩けない。

そのとき、ガガガガッと鈍い音がした。そして船内に水が勢いよく入ってきた。

ああ、もう俺は終わりだ。いや、ダメだ！　家に帰るんだ……。

結果、俺は数人の乗客と共に、無事船から脱出できた。あのアナウンスに逆らったから。

しかし、船員達の不手際と間違ったアナウンスのせいで、その他大勢の乗客が船とともに沈んでしまった。

あの時、俺は非常口を目指す前に、どうして他の乗客に声をかけなかったのか。

自分にできることは、もっとあったのではないか。

そう思うと、また嗚咽をこらえることができなかった。


（684字）

『2人の運命』

高山雄大

このままでは30分後には爆発してしまうだろう。本当にそれで大丈夫なのだろうか。

「おい、生きてるか?」

「あぁ、何とかな」

頂上まであとわずかというところで岩が崩れ2人は宙づりになった。落ちる時にあちこちぶつかったせいか顔や手が血だらけだ。

10分が経過した。リーダーによれば爆風が上昇気流をつくるという話だ。にわかには信じがたいが今は専門家の意見にすがるしかない。

血は止まるどころかとめどなく流れていく。声を出す気力も流されていくようだ。

「稜ちゃん、…オレ、やばいよ…」

声がとぎれとぎれに聞こえてきた。稜太が下を覗くと血の気を失った吾郎が苦しそうな表情を浮かべている。

20分が経過した。

急に上向きの風が強くなった。このままでは火薬量が多いのではないかというささやきが聞こえてきた。

「おい、人の命がかかってんだぞ」

叫んだがどうにもならない。

稜太はもう一度登ろうとするのだが思うように手があがらない。少し動かしただけで激痛が走る。

爆発まであと3分。

先ほどの風が微風に変わった。

「頼む、うまくいってくれ」

私は両手を合わせてただひたすらに祈った。

残り30秒、…15秒、10、9、…3、2、1、爆破！

「オレたち、このまま、か、…な」

「もっと、酒、飲みたかった、よ…」

次の瞬間、稜太、吾郎の声をかき消す音がつんざく。息つく間もなく猛烈な風が吹き上げてきた。

「うわぁぁ」

「うっ、ぎゃぁぁ」

地上では救助マットが2人を待ち構えていた。


（605字）

『SOS』

山内たま

このままでは、あと1時間で終電を逃してしまうだろう。

忘年会が終わり、野球サークルの仲間と別れた後のことだ。

「高野さぁ、吉田と途中まで沿線同じみてぇだから、連れて帰ってくれる？」

と、先輩に命令された。

しかたなく泥酔した吉田先輩と新宿から電車に乗るためにホームへ出た。

10分経過。

吉田先輩が久しぶりに会った仲間との別れを急に惜しみだした。そして閉まるドアに上半身を投げ出し、ドアに体がはさまり、車内放送で怒られた。ホームへ2人とも投げ出されてしまった。

次の電車を待つしかないだろう。

20分経過。

お前は期待の新人だから何かあっちゃいけない、とホームのベンチに座るように命じられた。それを丁重に断ると、俺の命令が聞けないのか、と怒鳴り始めたので、おとなしく座る。

周りから笑い声が聞こえ、死にたくなるぐらい恥ずかしい思いをした。

40分経過。終電が来るまであと20分。

吉田先輩が、気持ち悪いというので一緒にトイレへ連れて行った。トイレに2人でこもって先輩の介抱をした。

50分経過。終電の時間が気になりだす。

吉田先輩は便座に顔をつっこみ、眠ってしまった。ゆすっても応答なし。

終電1分前。

もう手に負えないと思いトイレから出ようとすると、「高野…」と吉田先輩が私の肩をつかんだ。

そして次の瞬間、先輩が私めがけて嘔吐した。私は先輩の吐瀉物を体いっぱいに浴びた。

そのとき、「下り方面の最終電車は終了しました〜」と車掌のアナウンスが流れた。


（608字）

『スイッチ』

山口倫可

このままではあと30年で地球の生態系は一新されてしまうだろう。

宇宙管理委員会では、人間の無謀な行為に頭を痛めていた。

せっかく与えた美しい環境を破壊し、地球上の生態系を変え、自然のサイクルを無視した行為を重ねているからだ。

宇宙委員会は、ある決断を下した。

「これ以上、経過観察はできない。あの『スイッチ』を設定する。30年後にセットしてゼロ値に戻してからまた新しい生態系をつくり直すのだ」

かくして、その『スイッチ』は人間が気づかぬうちに、あらゆる場所にセットされた。

10年が経過した。A国が、代替エネルギーと期待されるシェール層を見つけた。掘り出し始めて3年後、A国では地震が多発し、地盤沈下にも悩むこととなった。

また10年が経過した。B国が、ウラン資源開発を始めた。C国との境界線近くだったため両国は険悪なムードになった。

さらに、10年が経過した。D国が、海洋資源の開発に乗り出した。海洋権を無視した開発に周囲の国は激怒した。

そして運命の時がやってきた。

資源を掘り出している全ての場所で、大きなボタンの形をした岩が見つかった。

A国もB国もC国もD国もその他の国も、みな資源開発に夢中だったので、話し合うこともせず岩を壊して先に進んだ。その岩は、宇宙管理委員会が設置した『スイッチ』だった。

次の瞬間、地球上の生物という生物、存在している全ての物が成層圏を越えて宇宙に飛び出していった。

『スイッチ』は、地球の重力解除スイッチだったのだ。

（615字）

第７章

もっと「書ける・読ませる・面白い」長編化への簡単テクニック

【肉付け】

第1節　主人公を肉付けする〈3段プロット〉

超ショート小説・超短編小説のテンプレートに慣れたところで、より一層、面白くて引き込まれるように読ませる工夫を考えてみましょう。

まず、自分が面白いと思った小説を分解してみてください。小説だけじゃなくて、映画やドラマやアニメなど、ストーリーを単純化してみるのです。

「何が面白かったのだろう？」

「ストーリーの核はどこにあるのだろう？」

と考えてみるのです。

私は落語が好きで、落語家の師匠について2年ほど修行したことがあります。そのころ、落語の本をむさぼり読んで、面白さはどこからくるのかを研究しました。とくに古典落語です。

長い年月を経て、いまだに残っている落語には、時代を越えて人間の心をとらえる力があります。そのエッセンスをつかみたくて、読んでは書き写し、プロットを抽出していったのです。

すると、主人公が面白い人物であることや興味深い人物であることが前提にあることがわかってきました。さらに、主人公をどう描くかに続いて、基本的に3段階の展開が見えてきました。

そこで本章では、古典落語のうち『時そば』と『阿武松《おうのまつ》』から得たプロットを2つ紹介しましょう。

□『時そば』プロット

『時そば』はこんなお話。

【第1段】

熊公は、浅はかで間抜けな性格だ。たとえばこんなことがあった。浅はかだから先が読めない熊は、女房が調子悪くて吐きそうになっているのを、産気づいたと勘違い。親戚から長屋から、

「ガキが生まれるんでさぁ」

と自慢して回る。

ご祝儀などをもらったのはいいが、女房はたんに調子が悪かっただけだった。

また、間抜けだから詰めが甘い。大事な仕事をもらって、値段やら納期やらを聞いた。

「忘れるといけねぇから、どこかに書いておいたほうがいいんじゃねぇか?」

と言われたが

「大丈夫。大事なことは絶対に忘れない」

と言い張った。

案の定、値段も納期もすっかり忘れてしまい、大事な仕事に穴をあけてしまう。

【第2段】


そんな熊がびっくりしたことがあった。

冬の寒い夜、屋台に飛び込んできた男、

「おうッ、花巻にしっぽく。ひとつ、こしらえてくんねぇ」

待つ間、

「看板が当たり矢で縁起がいい」

「あつらえが早い」

「割り箸を使っていて清潔だ」

とお世辞を言う。

そばが出来上がると
「いい丼を使っている」

「鰹節がたっぷりきいていてダシがいい」

「そばは細くて腰があって」

「竹輪は厚く切ってあって」

と歯の浮くような世辞を並べ立てる。

食い終わると

「実は脇でまずいそばを食っちゃった。おまえのを口直しにやったんだ。一杯で勘弁しねえ。いくらだい？」

「16文で」

「小銭は間違えるといけねえ。手ェ出しねえ。それ、1つ2つ3つ4つ5つ6つ7つ8つ、今、何どきだい？」

「9ツで」

「とお、11、12……」すーっと行ってしまった。

これを見ていたのがぼーッとした態。

「あんちきしょう、しまいまで世辞ィ使ってやがら。それにしても、変なところで時刻を聞きやがった、あれじゃあ間違えちまう」

と、何回も指を折って
「あ、少なく間違えやがった。1文かすりゃあがった。うめえことやったな」


【第3段】


自分もやってみたくなって、翌日、まだ早い時間にそば屋をつかまえる。

「寒いねえ」

「へえ、今夜はだいぶ暖かで」

「ああ、そうだ。寒いのはゆんべだ。どうでもいいけど、そばが遅いねえ。割り箸を……割ってあるね。いい丼だ……まんべんなく欠けてるよ」

「へい、お待ち」

「そばは……太いね。ウドンかい、これ。おめえんとこ、竹輪使ってあるの？」

「使ってます」

「薄いね、これは。丼にひっついていてわからなかったよ。月が透けて見えらあ。オレ、もうよすよ」

「いくらだい？」

「16文で」

「小銭は間違えるといけねえ。手を出しねえ。それ、1つ2つ3つ4つ5つ6つ7つ8つ、今、何どきだい？」

「4ツで」

「5つ6つ7つ8つ……」

たくさん支払わなければならなくなり、熊公は泣きべそをかく。

これは、主人公の性格を生かしたプロットです。どんな小説でも、人物の性格がちゃんと表現できていたら、面白い物語になります。ですから、性格を研究することがかなり重要です。

時そばの主人公は、浅はかで間抜けな性格です。浅はかで間抜けな性格というのは、どんな人のことでしょうか?

（1）目先のことしか見えておらず、自分の行動が引き起こす結果まで考えが及ばない人です。

（2）自信過剰で、自分の限界がわかっていない人です。

（3）怠け者で未熟な人です。

こんな人が、どんな行動をとるかを考えてみましょう。一番特徴的な行動は「猿マネ」です。後先考えずにマネして、失敗をするわけですね。

落語には、似たような話がいっぱいあります。隠居の家で食事にあずかった植木屋が、洒落言葉でのやり取りする隠居と奥さんの会話を聞いて感心し、自分も家に帰って女房と同じような会話をしてみようとするのですが、うまくかみ合わずに失敗する『青菜』。タバコの火が袴に落ちても同様しなかった身分の高い侍のマネをして頭を燃やしてしまう『普段の袴』など、人のマネをして失敗する話があります。

歴史の風雪に耐えて残っている話ですから、アレンジすれば21世紀でも十分、人々を楽しませることができるはず。それが「時そばプロット」です。

テンプレートにすると次のような感じになります。

【解説】

【テンプレート】

【第1段】

○○○（主人公）は、浅はかで間抜けな性格だ。
たとえばこんなことがあった。
○○○○○○○○○○○○○○
（浅はかで間抜けなことを伝える過去のエピソードを入れる）

【第2段】

そんな○○○（主人公）がびっくりしたことがあった。
○○○○○○○○○○○○○○○○○○

【テンプレート】

〇〇〇〇〇〇〇〇〇〇〇〇〇〇
（主人公がマネしたくなるようなエピソードを入れる）

【第３段】
翌日、〇〇〇（主人公）はマネしたくてしょうがなくなる。
〇〇〇〇〇〇〇〇〇〇〇〇〇〇
（マネするが、微妙に違っていて大失敗する）

＜時そばプロット＞小説事例

『太郎の話』

夏来みか

【第1段】

太郎は、浅はかで間抜けな性格だ。

たとえばこんなことがあった。

太郎が中学生2年生のときのことだった。中学で一番かわいいという噂の純子に恋をしたのだった。

あるとき、純子が同じクラスの女子と話しているのを小耳にはさんだ。

「私、無口な人ってなんか存在が気になるのよね」

それを聞いた太郎は、学校でできるだけ何も話さないようにした。

話さないので純子とどうにかなるわけでもなく、純子は生徒会長の次郎といつの間にか付き合うことになり、中学卒業となった。

【第2段】

そんな太郎が、びっくりしたことがあった。

太郎よりも10センチは背も低く、成績も悪く、足も遅く、顔も岩のような三郎に、純子と並ぶかそれ以上のかわいさの彼女ができたのだ。

さっそく三郎に、どこでそんなかわいい娘を見つけたのかを聞いた。

三郎が言うには、学校帰りの途中にある女子校の前で告白されたとのことだった

【第3段】

翌日、太郎はマネしたくてしょうがなくなる。

女子高は、太郎の通学路ではないが、帰りに前を通ることにした。

一度前を通る。誰にも声なんてかけられない。引き返してまた通る。

女子達はきゃあきゃあいいながら、岐路についている。また引き返して、女子校の校門の中をのぞきながら通り過ぎる。15往復ほどしただろうか、「あの」と後ろから声をかけられる。太郎は心の中でガッツポーズをとりながら振り返る。

するとそこには制服の婦人警官が立っていた。

太郎は、この際年上でもしょうがないかと内心思った。

「君、ここで何しているの。ちょっと署までご同行いただけるかしら？

最近このあたりて、スカート切られちゃっている子が多発しているの。

ウロウロしている理由をきかせてもらうわ」

（461字）

□『阿武松』プロット

『阿武松《おうのまつ》』はこんなお話。

【第1段】

小車とは、こんな人間だ。

京橋観世新道に住む武隈文右衛門という幕内関取の所に、名主の紹介状を持って入門してきた若者。

能登国鳳至《ふげし》郡鵜川村字七海の在で、百姓仁兵衛のせがれ長吉、年は二十五。

なかなか骨格がいいので、小車というしこ名を武隈からもらった。

小車は、酒も博打も女もやらない堅物。

ただ一つの欠点は、人間離れした大食い。

朝、赤ん坊の頭ほどの握り飯を十七、八個ペロリとやった後、それから本番。おかみさんが三十八杯まで勘定したが、あとはなにがなんだかわからなくなり、寒けがしてやめたほど。

【第2段】

そんな小車が、困ったことになった。

「こんなやつを飼っていた日には食いつぶされてしまうから追い出してくれ」

と、おかみさんが武隈に迫る。

武隈もおかみさんには頭があがらない。

「わりゃあ相撲取りにはなれねえから、あきらめて国に帰れ」

と、一分やって追い出してしまった。

小車、とぼとぼ板橋の先の戸田川の堤までやってくると、面目なくて郷里には帰れないから、この一分で好きな飯を思い切り食った後、明日、身を投げて死のうと心に決める。


【第3段】

そんな小車にも、応援者があらわれる。

死ぬ前に、好きな飯を思いっきり食べようと、小車は、板橋平尾宿の橘家善兵衛という旅籠に泊まる。

一生の思い出と思って食べるので、食うわ！　食うわ！

おひつを三度取り換え、六升飯を食ってもまだ終わらない。面白い客だというので主人の善兵衛が応対し、事情を聞いてみると、これこれこういうわけと知れる。

善兵衛は同情し、

「家は自作農も営んでいるので、どんな不作な年でも二百俵からの米は入るから、おまえさんにこれから月に五斗俵二俵仕送りする」

と約束する。

そして、ひいきの根津七軒町、錣山《しころやま》喜平次という関取に紹介する。

喜平次は、小車を一目見るなり惚れ込んでしまう。

「武隈関は考え違いをしている、相撲取りが飯を食わないではどうにもならない、ワシが一日一俵ずつでも食わせる」

と、善兵衛が言う。

しこ名を改めて、喜平次は自分の前相撲時代の小緑というしこ名を与えた。

奮起した小緑、百日たたないうちに番付を六十枚以上飛び越すスピード出世。

文政五年蔵前八幡の大相撲で小柳長吉と改め入幕を果たし、その四日目、仇の、武隈と顔が合う。

その相撲が長州公の目にとまって召し抱えとなり、のち、第六代横綱・阿武松緑之助と出世を遂げる。

【解説】

落語『阿武松《おうのまつ》』のポイントは主人公が出世することです。人が出世する物語は、昔も今も人気があります。出世というのは、有名になってお金持ちになるとか、会社を興して大企業へと成長するとか、少年野球の選手だったのが、アメリカ大リーガーになるとか、そんなお話です。

ただし、どんな人物が出世していくのかは、重要な問題です。

意地の悪い人が出世しても読者は喜びません。読者が喜ぶのは、次の3つの要素を持った人物です。

(1) 欠点があること。

　ただし、読者が許せる範囲の欠点／殺人鬼という欠点ではマズイ。

(2) 弱者や困った人を助けるような性格であること。

　欠点だらけの人間に、ちょっとしたいい面があったりするとOK。

(3) 応援したくなるような純粋さがあること。

　目標に向かって情熱を燃やしていたり、礼儀正しかったり。

こんな人物像を作ることがポイントです。

この人物が、一度どん底に落ちて、そこで応援者と出会い、人生が好転すると読者は感動します。「どん底」「応援者との出会い」「成功」この順番に書いていくことです。

落語『阿武松』をテンプレートにするとこうなります。

【テンプレート】

【第1段】

○○○（主人公）は、こんな人間だ。

○○

（出身や年齢や夢など）

ところが、こんな１面があった。

○○

（欠点に関するエピソードを入れる）

【第2段】

そんな○○○（主人公）が、困ったことになった。

【テンプレート】

○○○○○○○○○○○○○○
（どん底に突き落とされるエピソードを入れる）

【第3段】
そんな○○○（主人公）にも、応援者があらわれる。
○○○○○○○○○○○○○○
（応援者に助けられ出世するエピソードを入れる）

『あるアスペルガーの逆転劇』

本田利久

【第1段】

夢野作家（ゆめのさくいえ）は、こんな人間だ。

彼には自閉症スペクトラム障害があった。（発達障害の一種で、いわゆる『アスペルガー』の呼称で知られている）

（1）その場を観察する力に欠け、空気が読めない

（2）大勢の中では心身が疲弊してしまう

（3）人間に対する過敏があり、付き合う人が限られる

（4）短期記憶が弱いために、聞いたことをすぐに忘れてしまう

（5）目と手の協応作業に欠陥があり、メモ書きしたり板書するのに時間がかかる

端的に言うと、『動いている対象を把握する力』が極端に弱いのだ。

そんな作家にも、たった一つ突出した特技があった。それは『文章を書くこと』だ。

それにプラスして、彼は幼い頃から対人関係に苦労させられてきた。自分が失敗したり痛い思いをすることで人の感情を学んできた。その経験は、弱い立場に対する共感力や優しさ、苦しい状況における

＜阿武松プロット＞小説事例

忍耐力を養った。また、謙虚さも学習せざるを得なかった。

それに付け加えて、彼の嘘をつけない正直さは人を選びこそすれ、作家を知る者は誰もが彼の人柄に惹かれたものだった。

脳の障害のために、アルバイトの身分に甘んじるしかない作家には夢があった。

「文章で食べていけるようになりたい」

そういう訳で、作家はコピーライティングを学ぶことにした。

ところが、ここでも彼の特性が夢を邪魔した。

彼にはこんな一面があったからだ。独創性が強すぎるのだ。反応率の高いコピーを書くためには、自分を消してターゲットの現実に入らなければならないが、作家には困難だった。

コピーライティングの田中先生のアドバイスを受けて修正しても、しばらくするとまた元に戻ってしまう。

「夢野さん、あなたにはコピーは向いていません。別の道を探したらどうですか?」

田中先生にもさじを投げられた。

壁にぶつかり、作家は途方に暮れた。

【第2段】

父親にこっぴどく叱られた。

「夢みたいなことを言うな、もっと現実を見ろ！」

父親は息子が書いたノートをビリビリに破り、ゴミへ投げ捨てた。

作家は「現実的なことに関心を持たねば」と強迫観念にかられた。現実的なこと、現実的なこと…。

サラリーマンを志すも、仕事は長続きせず、小さいものも含めて31回も転職を繰り返した。

それから数ヶ月後、縁が切れたはずの田中先生から連絡があった。

「夢野さん、ちょっと話ができませんか？」


【第3段】

「あなたは、もしかすると小説家に向いているかもしれません」

そう言って田中先生は、小説の講師の佐藤先生を紹介してくれた。

佐藤先生は作家に、小説を書くように勧めた。

作家は歴史が好きで、特に戦国時代にかけては誰もが舌を巻く程の博学ぶりだった。戦国時代の武将の中でも、織田信長が好きな作家は、彼を主人公にした『信長のラーメン』という長編小説を書いた。

信長は日本人に最も人気の武将であることから、売れる題材は消費者にもマッチしていた。

3年後、ベストセラーになっていた『信長のラーメン』は漫画化や映画化、シリーズ化される程に好評を博していた。

「やっと佐藤先生に恩返しが出来る！」

義理堅い作家は、自分の才能を見出してくれた佐藤先生に売り上げの10％を渡すことが出来た。

もう一つの稼ぎの柱として――発達障害の成功者の一人として、まだまだ障害の認知に遅れをとっている日本への啓蒙活動に邁進した。発達障害者が自分らしく人生を謳歌できるための橋渡しを買って出たのだ。

この世で何も役に立てずに人生を投げ出しそうだった一人の男が、懸命に生きた者しか味わえない果実（マチュリティ）を手にした瞬間だった。

第2節　物語を肉付けする＜長編化＞

超ショート小説は、プロットを書いただけの物語です。それは家にたとえると骨組みを建てた状態です。骨組みがぐらついていたら、家はうまく建ちません。骨組みは一番肝心なのです。

短編や中編や長編の小説を書くときも、この骨組みがしっかりとしていなければ、つまらない作品になります。ですから、骨組みの段階で検討を重ねる必要があります。ここで妥協してはいけません。骨組みがつまらなかったら、そこにいくら綺麗な言葉を飾ったとしても、その作品は失敗します。

ですから、骨組みの段階で、創作仲間に見てもらいましょう。真摯に意見を聞き、何度も修正するのです。何度も何度も修正して、納得のいくショート小説を作ってください。まずは、このショート小説を書くことから創作ははじまります。

骨組みができたら、そこに、屋根瓦を敷き、壁を作り、内装を施していくわけです。

では、小説で言う、屋根瓦や壁作りや内装とは、何でしょうか？

それは、次の３つに集約されます。

（１）５Ｗ１Ｈ

（２）テーマ

（３）メッセージ

それぞれ詳しく解説していきましょう。

（1）5W1H

5W1Hでもっとも重要なのは、Who（誰）です。第1節でも書いたように、主人公を印象付けるように描き、さらに脇役など、どんな人物が登場するのか、しっかりと書き込んでいきます。

人物を書くときのポイントは、その人物の性格です。性格によって、セリフや考え方や行動、態度などが決まってきます。臆病な性格の人が「バカやろう！　お前なんか死んじまえ！」と言わないですし、スパッと決断なんかできません。話し方もボソボソと話すのではないでしょうか。

Where（場所）は、なるべく具体的に書いていきましょう。読者がイメージできるように、具体性が欲しいです。どんな街なのか、どんな店なのか、どんな部屋なのか、読者がイメージしやすいように書いていきましょう。

When（いつ）は、4月とか、5月とか、数字で表現してもいいですが、せめて季節がわかる程度に書いてみてください。季節さえわかれば、読者は、登場人物がどんな服装をしているのか、どんな雰囲気なのか、少しですが想像できますから。

What（何を／出来事）とWhy（なぜ）はセットで考えてください。主人公が恋人にフラれたとか、車にはねられたとか、物語にはさまざまな出来事が起こります。それがWhatです。それらには、必ず原因があるはずです。その原因を書いてください。もちろん、その原因を「謎」にして読者の好奇心を刺激してジラしてもかまいません。

Ｈｏｗ（どのようにして）は実況中継だと考えてください。恋人にフラれて主人公は泣くかもしれません。そのとき、どのようにして泣いたのかがＨｏｗです。段ボールの緩衝材のプチプチを1つずつ潰しながら泣いたとか、そのとき救急車のサイレンが聞こえて、よけいに悲しくなったり、泣きながら昔のことを思い出したり、壁に頭をぶつけたり、その人物の性格によって、泣き方もそれぞれ違ってくると思います。

(2) テーマ

テーマを日本語にすると「主題」です。「話題」と言ってもいいでしょう。

たとえば、「春」をテーマに小説を書く場合を考えてみてください。春ですから桜の花見を舞台にするといいかもしれません。新入社員とか、入学式帰りの学生が登場人物にいたりするといいかもしれません。春一番が吹いたり、花粉症のニュースが出たり……。

ちなみに、「桜」「花見」「新入社員」「入学式」「春一番」「花粉症」というのは、「春」のモチーフになります。

ショート小説では、テーマなど考えずに書いたかもしれませんが、少し長い小説を書くときにはぜひ考えみてください。

「高齢化社会」とか「孤独死」とか、社会問題をテーマにしてもいいですし、いかに生きるべきかといった哲学的なテーマでもかまいません。あなたが興味のあることをテーマにするといいでしょう。

（3）メッセージ

テーマに対して、あなたは読者に何を言いたいのか、それを明確にすると、よりよい小説になります。つまり、あなたのメッセージです。とくに長編小説を書くとき、作家側が飽きてしまうことがあるのですが、このメッセージを明確にしていると、モチベーションを維持することができます。

しかし、メッセージは説教臭くなってしまうことがあります。「こう生きるべきだ！」「高齢化社会の解決策はこれだ！」と作者が決めつけてしまってはいけません。

メッセージは、何かに象徴させるといいのです。たとえば、「スマホ」は進化し続ける文明社会を象徴しています。それを登場人物の誰かが叩き壊すとか、海に捨てるとかすると、それは文明に対するアンチテーゼとしてのメッセージになります。

そして、作者は、苦しんでいる人間の代弁者になることです。

「こんな風に苦しんでいる人がいるんですよ」と代弁するのです。

「こういうことでいいんでしょうか？」と警鐘を鳴らし、「みんなで考えてみませんか？」と問題提起するわけです。

あとがき

最後までお読みいただきまして、ありがとうございました。いかがですか？　あなたも小説を書いてみようって思いはじめたのではありませんか。

「これくらいだったら、私にも書けるわ」

「オレだって書けそうだぞ」

「書いてみたい！」

そんなふうに思っていただけると幸いです。

私は小学校3年生から6年生までの3年間、忘れられない思い出があります。それは、近所のお兄さんが毎月1回、私の家にやってきて勉強を教えてくれたことです。貧乏長屋の家ですから、家庭教師を雇うお金などありません。近所のお兄さんは無償ボランティアで私の家に毎月やってきては、国語を教えてくれたり、算数を教えてくれたりして、

「高橋君、いまはしっかりと勉強して、実力をつけることだよ。実力をつけておけば、将来何でもできる自由が手に入るよ」

と教えてくれました。

私が小学校のときに書いた作文が新聞のコンクールに選ばれたりして、長屋中で話題になったことが

ありました。

それからです。酔っ払いのおっちゃんが「ワシが算数を教えちゃろう」と家に上がり込んできたり、「今夜、カレー作ったからうちに食べに来んさぃ」と近所のおばちゃんに言われたりしはじめました。近所のお兄ちゃんは、誰かに言われたみたいです。「高橋んとこのフミさんは、賢いそうじゃ。行って勉強、教えちゃってくれ」と。

で、お兄ちゃんは毎月、我が家にやってきたわけです。そして、毎回、分厚いハードケースに入った本をプレゼントしてくました。『世界少年少女文学全集』です。『家なき子』や『小公子』、『母をたずねて三千里』、『トムソーヤの冒険』、『フランダースの犬』、『宝島』などです。

私はその本を読むようになり、いつの間にか、読書好きの少年になっていきました。物語の素晴らしさや読書の楽しみを知ったのです。むさぼるように読んだ小説たちは、少年の人生を大きく変えていきました。

小説は人生を変えることがあります。読者に生きる勇気を与えることもあります。夢や希望を与えることもあるのです。こんな素晴らしいことはありません。

いかがですか？　あなたもそんな小説を書いてみませんか？

編集長　高橋フミアキ

著者：高橋 フミアキ

作家&ヒプノセラピスト。

大手広告代理店に10年間勤務したのちフリーとなり、ビジネス雑誌やグルメ雑誌などに携わる。2007年に文章スクールを立ち上げ、文章の基礎から小説の書き方まで幅広く指導。また企業の社員研修でレポートの書き方やメール、論文の書き方、コミュニケーションなどを講義。宮崎ますみ先生に師事しヒプノセラピストになる。

著書は、『一瞬で心をつかむ　できる人の文章術』『夏目漱石をまねる美しい日本語、書き写し文章術』（コスモ21）、『150字からはじめる「うまい」と言われる文章の書き方』（日本実業出版社）、『大富豪のおじいさんの教え』（ナナブックス）、『一瞬で心をつかむ　77の文章テクニック』（高橋書店）、『10人の友だちができる本』（第三文明社）、『文章は型が9割』（フォレスト出版）ほか多数。

●高橋フミアキの文章スクール
https://www.fumiakioffice.com/
●ポンポコ先生のライタースクール（まぐまぐ殿堂入りメールマガジン）
https://www.mag2.com/m/0000193737.html

テンプレート式　超ショート小説の書き方　<改訂新版>

2019年　7月16日　　第1刷発行

著者　　高橋 フミアキ

カバー・本文デザイン　釈迦堂アキラ
印刷　　株式会社 文昇堂
製本　　根本製本株式会社

発行人　西村貢一
発行所　株式会社 総合科学出版
〒101-0052　東京都千代田区神田小川町 3-2 栄光ビル
TEL　03-3291-6805（代）
URL：http://www.sogokagaku-pub.com/

Printed in Japan　ISBN978-4-88181-874-9　C0091